Rüdiger Bertram

Milla und das erfundene Glück

Rüdiger Bertram

Milla und das erfundene Glück

Ravensburger Buchverlag

Bibliografische Information der Deutschen Nationalbibliothek:

Die Deutsche Nationalbibliothek verzeichnet diese Publikation in der Deutschen Nationalbibliografie. Detaillierte bibliografische Daten sind im Internet über http://dnb.d-nb.de abrufbar.

FSC
www.fsc.org
MIX
Papier aus verantwortungsvollen Quellen
FSC® C114500

1 2 3 4 5 E D C B A

Coverillustration: Marloes de Vries
Vignette Eintrittsschild: FreePik

Printed in Germany

ISBN 978-3-473-40806-1

www.ravensburger.de

Milla Glaubst du an Wahrsagerei?

Henry Natürlich nicht!

Milla Ich auch nicht, aber ich wusste, dass du das sagen würdest.

Besuch im Studio

Milla saß auf dem Flur und starrte das rote Licht an. Die Lampe mit der Aufschrift *Bitte Ruhe* hing über der Tür, hinter der ihr Vater arbeitete. Solange das Licht leuchtete, durfte niemand hinein. Auch Milla nicht und selbst dann nicht, wenn sie ihm unbedingt etwas erzählen musste. So wie heute.

„Geh aus! Geh schon aus, du doofes Licht!“ Milla konzentrierte ihre Gedanken auf das rote Leuchten, doch das klappte nicht. Natürlich klappte das nicht, wie sollte es auch? Milla glaubte nicht an Hokuspokus. Es gab nur eine Möglichkeit, das Licht zu löschen: Jemand musste auf den Schalter drücken. Der aber befand sich auf der anderen Seite der Tür.

Direkt gegenüber von Millas Stuhl hing ein Fernseher an der Wand. Auf dem Bildschirm waren das Logo des Senders *Sternzeichen TV* und ihr Vater zu sehen. Michael hatte Karten in der Hand, die er auf dem Tisch ausbreitete. Dabei sprach er in ein Mikrofon. Doch weil der Ton des Fernsehers abgestellt war, konnte Milla ihn nicht hören. Brauchte sie auch nicht. Sie wusste genau, was er erzählte: dass alles, wirklich alles, gut werden würde. Vielleicht nicht sofort, aber spätestens in ein paar Monaten, und dass sich die Anruferin keine Sorgen machen müsse. Das sagte er immer, das kannte Milla schon.

Die Leute, die im Fernsehstudio anriefen, bezahlten viel Geld dafür, sich über das Telefon die Zukunft voraussagen zu lassen. Es waren fast ausschließlich Frauen und meistens ging es um eine unglückliche Liebe oder Geldsorgen oder beides.

Milla gähnte und griff nach ihrem Rucksack, der neben ihrem Stuhl auf dem Boden stand. Wenn sie schon warten musste, bis die Sendung zu Ende war, konnte sie auch mit den Hausaufgaben anfangen.

Milla überlegte, womit sie beginnen sollte. Sie entschied sich für Mathe, das fiel ihr am leichtesten. Milla mochte Mathe, umso mehr ärgerte sie sich immer noch über den Blödsinn, den ihre Lehrerin heute im Unterricht erzählt hatte. Milla schnaufte verächtlich bei dem Gedanken daran und begann, ihre Aufgaben zu lösen. Dabei behielt sie den Monitor mit einem Auge im Blick.

Ihr Vater hatte die Karten gegen bunte Steine eingetauscht. Mit einer lässigen Handbewegung würfelte er die roten, grünen und blauen Steine über den Tisch und betrachtete dann ihre Lage, um daraus die Zukunft der Anruferin zu lesen. Zumindest behauptete er das in seiner Sendung. Milla musste grinsen. Sie wusste, dass das totaler Unsinn war, und ihr Vater wusste es auch.

Milla hatte die Hälfte ihrer Aufgaben erledigt, als eine Frau mit einer Kaffeetasse über den Flur auf sie zukam. Milla kannte die Frau. Sie hieß Katja und war eine Kollegin ihres Vaters.

„Dein Dad ist echt klasse." Katja zeigte auf den Monitor. „Seit Michael bei uns arbeitet, haben sich die Anruferzahlen verdoppelt. Die Zuschauerinnen mögen ihn."

„Ich auch", murmelte Milla und starrte auf ihr Matheheft. Sie hatte keine Lust, mit Katja zu reden.

Die Kolleginnen ihres Vaters waren alle supernett zu ihr. Milla wusste, dass die Nettigkeit nicht ihr galt. Seit sich herumgesprochen hatte, dass ihre Mutter sich von Michael getrennt hatte, schleimten sich alle Frauen im Sender bei Milla ein, um mehr über ihren Vater zu erfahren.

„Mathe?" Katja zeigte auf Millas Heft. „Du Ärmste! Ich habe Mathe auch immer gehasst."

„Ich mag Mathe."

„Echt?“ Katja sah Milla überrascht an und nahm einen Schluck von ihrem Kaffee.

„Echt! Bei Mathe ist alles klar und logisch, da kann man nicht bescheißen. Nicht so wie hier.“ Sie deutete in Richtung Monitor.

Katja verschluckte sich an ihrem Kaffee. Es dauerte eine Weile, bis sich ihr Hustenreiz gelegt hatte und sie wieder sprechen konnte.

„Willst du mit reinkommen? Die Sendung ist in fünf Minuten vorbei“, sagte Katja. „Du musst aber mucksmäuschenstill sein, versprochen?“

Milla nickte und steckte ihr Heft weg.

Katja öffnete die Tür unter der roten Lampe, indem sie eine Magnetkarte durch ein Lesegerät zog. Dahinter lag ein Studio, in dem nur der Tisch hell beleuchtet war, an dem Millas Vater saß. Vor ihm stand eine Kamera. Der Rest des Raumes lag im Halbdunkel.

Trotzdem hatte Michael sie entdeckt und begrüßte Milla, indem er die rechte Augenbraue leicht nach oben zog. Draußen vor den Fernsehgeräten hatte das sicher niemand bemerkt, aber Milla war es aufgefallen. Sie winkte ihrem Vater zu und lehnte sich gegen die Studiowand, um sich von dort aus den Rest der Sendung anzusehen. Gerade war eine Frau mit einer piepsigen Stimme in der Leitung.

„Mein Mann hat mich vor einem Jahr verlassen und ich wüsste gerne, ob ich jemals wieder einen Menschen treffe, den ich lieben kann und der mich liebt." Die Frau schluchzte leise. „Ich fühle mich so schrecklich einsam!"

„Das werden wir gleich sehen", sagte Millas Vater und warf die bunten Steine über den Tisch. Dann beugte er sich tief über sie und betrachtete jeden einzelnen, als könnten sie ihm tatsächlich ein Geheimnis verraten. Langsam richtete sich Michael wieder auf und blickte lächelnd in die Kamera. „Die Lage der Steine ist ganz eindeutig. Sie werden schon bald einen Menschen treffen, der Sie so liebt, wie Sie es verdienen. Gehen Sie raus, gehen Sie unter Menschen! Wenn Sie nur in Ihrer Wohnung hocken, werden Sie Ihren Herzensmenschen vielleicht verpassen."

„Und wann? Wann treffe ich ihn?", fragte die Frau aufgeregt.

Wieder warf Michael einen Blick auf die Steine. „Nicht morgen und wahrscheinlich auch nicht übermorgen, aber spätestens in ein paar Wochen oder Monaten. Gut Ding will Weile haben. Ich wünsche Ihnen viel Glück und danke für Ihren Anruf."

Michael warf seiner Tochter einen kurzen Blick zu. Milla steckte sich den Zeigefinger in den Mund, um ihrem Vater zu zeigen, was sie von seiner Telefonberatung hielt. Er grinste kaum merklich zurück und beendete seinen Auftritt mit den Worten: „Das war der letzte Anrufer für heute. Gleich ist meine bezaubernde Kollegin Katja für Sie am Apparat. Wir sehen uns dann morgen wieder. Ich freue mich auf Sie!“

Eine Musik erklang und auf dem Monitor erschien ein Clip, der für die anschließende Sendung Werbung machte.

Millas Vater erhob sich und legte das Mikrofon zur Seite.

„Und? Wie war ich?“, fragte er, als er neben Milla stand.

„Großartig!“ Katja hauchte ihm einen Kuss auf die Wange und ging hinüber zu dem Tisch, um ihren Platz vor der Kamera einzunehmen.

Milla verdrehte die Augen und brummte: „Grottig wie immer.“

„Es kann nie schaden, verschiedene Meinungen zu hören“, erwiderte Michael fröhlich. „Was machst du eigentlich hier? Hast du kein Training?“

„Später, aber ich muss dir unbedingt was erzählen!“, sagte Milla.

„Was denn?“

„Heute in Mathe hat die Dreistein …“

„Wer ist die Dreistein?“, unterbrach Michael seine Tochter.

„Na, meine Mathelehrerin! Die hat heute allen in der Klasse ihr Horoskop aus der Zeitung vorgelesen. Aber nicht aus Spaß, sondern so, als ob sie wirklich dran glauben würde. Das war so schlimm!“

„Ich dachte, du magst Mathe.“

„Tu ich ja auch, aber nicht die Dreistein. In ihrem Horoskop stand, dass Waagen heute vorsichtig sein sollen. Die ganze Stunde über ist sie nicht ein Mal von ihrem Stuhl aufgestanden. Aus Angst, sie könnte sich ein Bein brechen, wenn sie eine unglückliche Bewegung macht. Und das alles nur, weil sich irgendein Betrüger diesen Quatsch ausgedacht und aufgeschrieben hat. Ist das nicht krass?“

„Nicht so laut.“ Michael schaute sich um, ob ihnen irgendwer zugehört hatte. Aber die Techniker im Studio waren damit beschäftigt, alles für die nächste Sendung vorzubereiten. „Hier gibt es eine Menge Leute, die auch an Horoskope glauben.“

„Du aber doch nicht, oder?“

„Seh ich so aus?“ Michael grinste.

„Und warum machst du diesen Mist hier dann überhaupt?“

„Unter anderem, um dein Taschengeld bezahlen zu

können – und alles andere auch", flüsterte Millas Vater. „Darüber haben wir doch schon oft gesprochen."

Milla sagte nichts, sondern blickte Michael nur vorwurfsvoll an. Auch wenn sie wusste, dass das nichts bringen würde. Er hatte ja recht, über seinen Moderatorenjob hatten sie sich schon tausendmal gestritten, ohne dass er beim Sender gekündigt und sich einen neuen Job gesucht hatte.

„Sieh es doch mal so: Ich tu niemandem weh, im Gegenteil, ich gebe den Menschen neue Hoffnung", sagte er. „Übrigens kommt heute Abend noch Kundschaft. Ich brauch dich dann."

Milla verdrehte die Augen. Seit sich in ihrer Nachbarschaft herumgesprochen hatte, dass ihr Vater bei *Sternzeichen TV* arbeitete, kamen immer wieder Leute zu ihnen nach Hause, denen Millas Vater die Zukunft weissagte. Manchmal sollte er auch einen Kontakt zu irgendeinem Verstorbenen herstellen. Millas Job war es dann, versteckt hinter der Gardine für eine möglichst gruselige Stimmung zu sorgen.

„Jetzt mach nicht ein Gesicht wie sieben Tage Regenwetter." Michael boxte seine Tochter sanft in die Seite. „Geh erst mal zum Training, tob dich aus und dann ist deine Laune auch wieder besser. Ich habe hier noch zu tun, ich muss Katja helfen."

„Aha“, sagte Milla. „Katja. Helfen.“

„Das ist rein beruflich“, versicherte ihr Vater. „Wir sehen uns heute Abend. Frau Müller kommt um acht.“

„Ist das nicht die aus dem Nachbarhaus, deren Mann vor einem Jahr unter die Straßenbahn gekommen ist?“, fragte Milla.

„Genau die, und jetzt will sie wissen, ob es ihm gut geht im Jenseits.“ Michael wiegte den Kopf hin und her, als wenn er einen Moment nachdenken müsste. „Ich glaube, wir können die gute Frau beruhigen.“

„Jetzt Ruhe bitte, Katjas Sendung geht gleich los!“, rief jemand durch das Studio.

Michael gab Milla einen Kuss aufs Haar und öffnete ihr mit seinem Ausweis die Tür. Auf dem Flur schnappte sie sich ihren Rucksack und machte sich wütend über die Dreistein und ihren Vater auf den Weg zum Training. Wer immer ihr dort gegenüberstehen würde, war nicht zu beneiden.

In der Halle

Milla ging in Grundstellung. Das linke Bein vorne, das rechte nach hinten abgewinkelt stand sie auf der Matte und fixierte ihre Gegnerin durch das enge Drahtnetz ihrer Schutzmaske. Mit zehn hatte sie angefangen zu fechten, weil es für sie der perfekte Sport war. Man musste gelenkig sein, Ausdauer haben und ein gutes Reaktionsvermögen besitzen. Das Wichtigste aber war zu erkennen, welchen Angriff der Gegner als Nächstes plante. Das hatte nichts mit Hellseherei zu tun, sondern vor allem mit der Fähigkeit, sein Gegenüber genau zu beobachten und daraus abzuleiten, was er vorhatte.

Die Fechterin, die ihr auf der Matte gegenüberstand, sprang plötzlich nach vorne, um Milla mit ihrem Florett zu attackieren. Aber Milla hatte das längst geahnt, weil das Mädchen kurz zuvor ihren Körperschwerpunkt kaum merklich verlagert hatte.

Milla wich geschickt nach hinten aus und der Angriff

ging ins Leere. Jetzt hatte sie selbst leichtes Spiel: Ein schneller Stoß – und Milla landete einen Treffer auf der weißen Schutzweste des Mädchens. Drei Minuten später stand es sieben zu null und das Gefecht war beendet.

Milla nahm die Maske ab und reichte ihrer Gegnerin die Hand. Doch statt ihr zum Sieg zu gratulieren, zischte das Mädchen nur „Hexe!“ und lief in die Umkleide.

Seit sich im Verein und in der Schule herumgesprochen hatte, dass ihr Vater als Wahrsager arbeitete, kassierte Milla in der Halle und auf dem Schulhof ständig solche Sprüche. Anfangs hatte sie sich darüber geärgert, aber mittlerweile hörte sie gar nicht mehr hin, oder versuchte es zumindest.

Milla setzte sich auf die Bank, um auf ihr nächstes Gefecht zu warten. Sie nutzte die Zeit, um zu lesen. Sie hatte ihr Lieblingsbuch dabei. Es war kein Roman, sondern eine Biografie über das Leben von Harry Houdini. Er hatte Anfang des letzten Jahrhunderts gelebt und Milla war überzeugt, dass er der größte Entfesselungskünstler aller Zeiten war.

Einmal hatte er sich in Amerika an Armen und Beinen gefesselt von einer Brücke in einen eiskalten Fluss werfen lassen und sich dann unter Wasser von den Ketten befreit. Tausende Zuschauer hatten am Ufer gestanden und ihn bejubelt, als er wieder auftauchte. Aber keiner wusste, wie es ihm gelungen war, die Schlösser zu öffnen. Ein hoher Polizeibeamter hatte ihn vor dem Sprung ins Wasser sorgfältig durchsucht, um sicherzugehen, dass er nicht irgendwo einen Schlüssel versteckt hatte.

Mit Zauberei hatte das Ganze nichts zu tun, da war Milla sich sicher. Houdini hatte sein Leben lang gegen Hellseher und Scharlatane gekämpft, die behaupteten, mit Geistern und dunklen Mächten in Kontakt zu stehen. Für Houdini waren das alles Betrüger – auch deswegen bewunderte Milla ihn. Seine Tricks beruhten auf Schnelligkeit, Beobachtungsgabe, Präzision und vielen Stunden Training.

Ganz ähnlich wie beim Fechten, dachte Milla und legte das Buch zur Seite. Seit sie das erste Mal von Houdinis Entfesselungstrick unter Wasser gelesen hatte, grübelte sie darüber nach, wie er es gemacht hatte. Milla hatte sich zu Weihnachten Handschellen schenken lassen, um den Trick selber auszuprobieren. Nicht in einem kalten Fluss, sondern in der warmen Badewanne. Aber es war ihr nie gelungen, die Handschellen abzustreifen oder zu öffnen. Jedes Mal hatte sie vorher wieder auftauchen müssen, weil sie keine Luft mehr bekam.

„Milla, du bist dran!“, rief der Fechttrainer.

Ihr nächster Gegner wartete schon auf der Matte. Es war ein Junge, zumindest nahm sie das an. So leicht war das bei dem Helm und der Schutzkleidung nicht zu erkennen. Es war aber eindeutig niemand, den sie kannte. Er oder sie musste neu im Verein sein.

Milla nahm sich einen Moment Zeit, um ihren Gegner genau zu studieren. Danach war sie sich sicher, dass es ein Junge war. Die leicht überheblich wirkende Körperhaltung und das ungeduldige Herumfuchteln mit seiner Waffe waren klare Anzeichen dafür. Außerdem hatte er eine Spinne mit roter Farbe auf das Gitternetz seines Helms gesprüht. Milla vermutete, dass er seine Gegner damit verunsichern wollte, und auch das war etwas, was die Mädchen, die sie kannte, nie tun würden. Mit einer Spinne schon gar nicht.

Milla belächelte den Versuch, sie mit einem so billigen Trick einzuschüchtern. Sie setzte ihren Helm auf und freute sich darauf, dem Kerl zu zeigen, wer hier die beste Fechterin in der Halle war.

Doch diesmal war es nicht so leicht wie bei ihrem ersten Kampf. Der Fremde war gut, ziemlich gut sogar. Er war schnell und schien immer schon zu ahnen, welchen Schritt Milla als Nächstes plante. Die beiden jagten sich auf der schmalen Matte hin und her. Mal gelang Milla ein Treffer, dann ihrem Gegner. Keiner von ihnen konnte entscheidend in Führung gehen, das Gefecht war völlig ausgeglichen. Milla hatte schon lange nicht mehr gegen jemanden gefochten, der so stark war wie sie selbst, und diesen Kampf wollte sie auf keinen Fall verlieren.

Plötzlich stürmte der Junge auf sie zu. Sie hatte den Angriff nicht kommen sehen, trotzdem konnte sie zurückspringen und dem Florett ihres Gegners im letzten Moment ausweichen. Milla wollte die Gelegenheit nutzen und gleich einen Gegenangriff starten. Doch der Junge war schon wieder zurückgewichen und ihr Stoß ging ins Leere. Im selben Moment spürte sie, wie er sie an der Schulter traf.

Sie hatte verloren und das war ihr schon ewig nicht mehr passiert.

Der Junge verbeugte sich höflich, drehte sich um und ging mit schnellen Schritten Richtung Jungenumkleide, ohne seinen Helm abzunehmen.

Milla musste grinsen, weil sie mit ihrer Vermutung, dass es ein Junge war, recht gehabt hatte. Die Freude übertraf sogar den Ärger über ihre Niederlage. Außerdem war es knapp gewesen und die Revanche würde sie ganz bestimmt gewinnen.

„Hey, warte doch mal!", rief sie dem Jungen hinterher.

Doch er drehte sich nicht zu ihr um, sondern verschwand in der Tür zur Umkleide.

„Kennen Sie den?", fragte Milla ihren Trainer.

„Nein, er war das erste Mal da. Aber er ist gut, oder?"

„Ziemlich gut", erwiderte Milla und sah auf die Uhr. Es war höchste Zeit, nach Hause zu gehen.

In der Umkleide ignorierte sie das Getuschel der anderen Mädchen, die sich darüber freuten, dass die „Hexe" nach langer Zeit mal wieder verloren hatte.

Milla störte das nicht. Es war ein guter Kampf gewesen und mit etwas Glück hätte auch sie gewinnen können. Was sie ärgerte, war, dass sie nichts über ihren Gegner wusste. Wo er herkam und warum er sich eine Spinne auf den Helm sprühen musste, obwohl er solche albernen Spielchen gar nicht nötig hatte.

Als Milla auf dem Nachhauseweg durch den Park kam, fiel ihr ein Plakat auf, das für ein Mittelalterfest am Rande der Stadt warb. Auf den Fotos waren Männer mit Schwertern zu sehen. Milla verdrehte die Augen. So wie die Ritter dort ihre Waffen hielten, würden sie niemals einen Treffer landen können.

Sie griff nach ihrem Handy, um das Plakat zu fotografieren. Im selben Moment klingelte es und auf dem Display erschien das Bild ihres Vater.

„Was gibt's?“, fragte Milla.

„Bei mir wird es ein bisschen später“, erklärte Michael. „Kannst du bitte schon mal alles vorbereiten? Du weißt ja, was zu tun ist.“

„Das volle Programm?“

„Das volle Programm.“

„Heute war übrigens ein Neuer beim Fechten. Er hat mich besiegt. Ich habe schon ewig nicht mehr verloren.“ Milla kniete sich auf den Boden, weil sie auf der Wiese Löwenzahn entdeckt hatte.

„Sah er gut aus?“

„Papa! Das konnte ich doch gar nicht sehen. Da tragen alle Masken“, erwiderte Milla, während sie den Löwenzahn pflückte und die Blätter in ihrer Fechttasche verstaute.

„Erzähl mir das alles heute Abend, in Ruhe. Ich muss jetzt Schluss machen.“

Im Hintergrund hörte Milla Stimmen und das Lachen einer Frau. „Ist Katja bei dir?“

„Warum fragst du?“

„Nur so.“ Milla bemühte sich, ihre kurze Antwort möglichst vorwurfsvoll klingen zu lassen.

„Es ist nicht so, wie du denkst", verteidigte sich Michael. „Wir sind hier nicht zum Spaß im Café …"

„Klingt aber so."

„Wir müssen noch eine wichtige Sache für den Sender besprechen. Und jetzt sei ein braves Mädchen und geh nach Hause. Ich komme dann bald nach."

Michael legte auf und Milla streckte dem Foto ihres Vaters, das noch immer auf dem Bildschirm leuchtete, die Zunge raus. Sie glaubte ihm kein Wort. Von wegen *wichtige Sachen für den Sender besprechen.*

Zu Hause angekommen, kümmerte sich Milla zuerst um Siggi und Roy. Die beiden weißen Kaninchen wohnten in einem Käfig, der so groß war, dass auf dem Balkon niemand anderes mehr Platz hatte. Wenn Milla und ihr Vater im Sommer draußen frühstücken wollten, mussten sie den Käfig als Tisch benutzen und sich auf zwei winzige Stühle direkt vor der Balkontür quetschen.

Die Kaninchen waren von ihrer Mutter. Sie hatte sie Milla geschenkt, als ihre Tochter angefangen hatte, sich für Houdini und seine Entfesselungstricks zu interessieren.

„Die kannst du dann aus deinem Zylinder zaubern", hatte ihre Mutter gesagt.

Milla hatte nur müde gelächelt. Houdini hätte niemals so einen billigen Trick vorgeführt. Es wusste doch jeder, dass die Kaninchen während der ganzen Nummer in einem doppelten Boden des Hutes oder sonstwo versteckt waren. Genau wie die Tauben, die man in weiten Ärmeln seines Kostüms verbarg, um sie dann mit einer blitzschnellen Handbewegung hervorzuholen. Mit Zauberei hatte das nichts zu tun, sondern nur mit Schnelligkeit, Ablenkung und ein paar Tricks, die man mittlerweile fast alle im Internet nachlesen konnte.

Trotzdem hatte Milla ihre beiden Kaninchen vom ersten Tag an geliebt und noch viel mehr, seit ihre Mutter nach Südafrika gezogen war, um dort in einem Tierpark zu arbeiten.

Das war jetzt fast genau ein Jahr her, und obwohl ihre Mutter ihr schon mehrmals angeboten hatte, sie in Afrika zu besuchen, hatte Milla die Einladung nie angenommen. Sie wollte lieber bei ihrem Vater bleiben, damit er keinen Mist baute oder zu oft mit Katja zusammen war oder beides. Außerdem fehlte ihnen das Geld für das teure Flugticket, weil Michael im Sender schlecht bezahlt wurde und ihn die Überstunden im Wohnzimmer auch nicht reich machten.

Milla nahm Siggi und Roy auf den Arm und fütterte sie mit den Löwenzahnblättern, die sie auf dem Rückweg gepflückt hatte.

Ein Brummton sagte ihr, dass eine Nachricht auf ihrem Handy eingegangen war. Sie sah nach, wer ihr geschrieben hatte. Für einen Moment hoffte sie, dass es der unbekannte Fechter war. Aber das war völlig unmöglich, er kannte ja nicht mal ihren Namen und sie seinen auch nicht.

Die Nachricht war von ihrem Vater. *Denk bitte dran: das volle Programm. Danke und bis gleich.*

Milla seufzte, setzte die beiden Kaninchen zurück in den Käfig und machte sich an die Arbeit.

Das volle Programm

Das volle Programm bedeutete, dass heute Abend der Geist des verstorbenen Mannes von Frau Müller auftauchen würde. Also nicht wirklich, aber Millas Vater würde ein wenig Theater spielen und so tun, als ob.

Dazu musste Milla das Wohnzimmer so herrichten, dass es geheimnisvoll aussah. Milla zog die schweren Vorhänge zu und schob den runden Wohnzimmertisch mit der Glaskugel in die Mitte des Raums. Rechts und links stellte sie zwei alte Holzstühle mit hohen Rückenlehnen an den Tisch. Der Stuhl, auf dem Michael später sitzen würde, war ein gutes Stück höher, sodass Frau Müller zu Millas Vater hochschauen musste. Unter dem Tisch waren zwei Strahler befestigt, die Michael von unten anleuchteten. Das verlieh ihm eine überirdische Aura, aber gleichzeitig wirkte er auch ein wenig gruselig. Auf Knopfdruck konnte man das Licht dimmen und sogar die Farben wechseln.

Die anderen Lampen im Zimmer verhängte Milla

mit dunklen Tüchern, damit in dem Raum ein gespenstisches Halbdunkel herrschte. Sie war fast fertig. Jetzt musste sie nur noch die Zeitungen vom Sofa räumen und eine Kerze anzünden. Der Rauch, der sich langsam im ganzen Zimmer verteilte, duftete nach Weihrauch. Milla schüttelte sich, weil sie den Geruch nicht mochte.

Sie lief in die Küche, um Wasser für eine Kanne Tee aufzusetzen. Nachdem sie die Geister ihrer Verstorbenen getroffen hatten, konnten die meisten Kundinnen ihres Vaters eine Tasse beruhigenden Tees gut gebrauchen.

Es war kurz vor acht Uhr. Milla saß am Küchentisch, nippte an ihrem Tee und übte ein paar Kartentricks. Wie bei vielen Zaubertricks ging es auch hier vor allem um Geschicklichkeit und Tempo. Beides konnte man lernen, aber dazu bedurfte es des ständigen Übens. Milla trainierte jede freie Minute, genauso wie Houdini es auch getan hatte.

Doch heute misslangen die Tricks, weil sie sich nicht auf die Spielkarten konzentrieren konnte. Sie musste an den Jungen mit der Spinne auf der Fechtmaske denken, und sie fragte sich, ob er jetzt öfter zum Training kommen würde. Außerdem schweifte ihr Blick ständig zur Wanduhr ab, die über der Küchentür hing. Milla hasste es, wenn ihr Vater zu spät kam und sie seine Kundinnen begrüßen musste.

Die Frauen wollten von Milla nämlich immer dasselbe wissen.

„Und, hast du die Fähigkeit, die Geister der Verstorbenen zu sehen, von deinem Vater geerbt?"

„Kannst du auch in die Zukunft blicken?"

„Vermisst du deine Mutter?"

„Nein, habe ich nicht, weil es gar keine Geister gibt. Tot ist tot! Niemand kann in die Zukunft sehen. Und natürlich vermisse ich meine Mutter, was denken Sie denn?", hätte sie dann gerne geantwortet, aber meistens nickte sie nur oder schüttelte den Kopf. Je nachdem.

Milla hörte einen Schlüssel in der Tür und das bedeutete, ihr Vater kam nach Hause. Sie schmiss die Karten auf den Tisch und rannte in den Flur.

„Papa!", rief sie und sprang in seine Arme.

Michael drückte Milla fest an sich und gab ihr einen Kuss auf die Stirn.

„Ist die Kundschaft schon da?", fragte er, als Milla sich aus der Umarmung löste.

„Nein, noch nicht."

„Da habe ich ja Glück gehabt", sagte Michael.

„*Ich* habe Glück gehabt", korrigierte Milla ihren Vater.

„Okay, ich zieh mich schnell um, dann kann es losgehen. Ist alles fertig?"

„Ja, das volle Programm."

„Gutes Mädchen." Michael gab ihr einen zweiten Kuss auf die Stirn und verschwand in seinem Schlafzimmer.

Kurz darauf klingelte es.

„Machst du bitte auf?", rief Millas Vater.

„Mist!", fluchte Milla leise und öffnete die Tür.

Vor ihr stand eine Frau in schwarzer Trauerkleidung. Milla schätzte sie auf um die sechzig, aber ganz sicher war sie sich nicht. Die Frau trug eine große schwarze Sonnenbrille, die sie auch nicht abnahm, als sie die Wohnung betrat.

„Mein Vater ist gleich so weit", sagte Milla.

„Du bist Milla, nicht wahr?", fragte die Frau. „Hast du die Fähigkeit, mit den Geistern der Verstorbenen zu reden, von deinem Vater geerbt?"

Milla schüttelte den Kopf.

„Kannst du denn in die Zukunft sehen?"

Wieder schüttelte Milla den Kopf.

„Aber deine Mama vermisst du doch bestimmt ganz arg, oder?"

Milla schmunzelte, weil es genauso gekommen war, wie sie es vorausgesagt hatte. Aber dazu musste man kein Hellseher sein, dazu reichte ein bisschen Menschenkenntnis völlig aus.

Milla wollte Frau Müller gerade antworten, dass sie ihre Mutter selbstverständlich vermisste, da kam auch schon Michael aus dem Schlafzimmer. Er hatte seine Jeans und sein T-Shirt gegen einen mit Sternen bedruckten, bodenlangen Morgenmantel eingetauscht und trug eine Art Turban auf dem Kopf.

Milla musste sich immer beherrschen, nicht laut loszulachen, wenn ihr Vater seine Arbeitskleidung anhatte. Sie fand, dass er darin wie einer der Heiligen Drei Könige aussah. Seine Kundinnen fanden das nicht. In ihren Augen war seine Verkleidung völlig angemessen für jemanden, der die außerordentliche Gabe besaß, mit den Toten zu reden.

„Guten Abend", begrüßte Millas Vater Frau Müller. „Lassen Sie mich raten: Sie wollen Kontakt zu Ihrem verstorbenen Mann aufnehmen, stimmt's?"

„Sie können ja wirklich hellsehen!", schwärmte Frau Müller.

Milla verkniff sich den Kommentar, dass sie den Grund ihres Besuchs ja schon angekündigt hatte, als sie den Termin mit ihrem Vater telefonisch vereinbart hatte. Stattdessen verschwand sie unbemerkt durch die Kinderzimmertür und schlich sich von dort aus schnell ins Wohnzimmer, wo sie sich hinter den schweren Gardinen vor der Balkontür versteckte.

Durch ein Loch im Stoff, das sie zu diesem Zweck hineingeschnitten hatte, beobachtete Milla, wie ihr Vater mit Frau Müller den Raum betrat. Michael setzte sich wie vorgesehen auf den höheren Stuhl. Seine Kundin musste auf dem niedrigeren Platz nehmen und zu ihm hochsehen.

Millas Vater starrte nun auf die Glaskugel, die in der Mitte des Tisches stand, als könnte er darin irgendwelche Geister entdecken. Milla wusste, dass das Unsinn war. Das Einzige, was ihr Vater in dem Glas sehen konnte, war sein eigenes Spiegelbild.

„Was genau wollen Sie denn von Ihrem verstorbenen Mann wissen?“, fragte Michael.

„Ich mache mir halt Sorgen um mein Seebärchen, also um meinen Walter. Er hatte es immer so mit dem Magen, und da wollte ich wissen, ob es ihm gut geht, da, wo er jetzt ist.“

Milla hielt sich die Hand vor den Mund, um nicht loskichern zu müssen, weil Frau Müller sich Sorgen machte, dass das Skelett ihres *Seebärchens* Bauchschmerzen kriegen könnte.

„Dann wollen wir mal sehen, ob es mir gelingt, Kontakt zum Geist Ihres Gatten aufzunehmen“, antwortete Michael. Er konzentrierte sich wieder auf die Kugel. „Versprechen kann ich nichts, aber mit etwas Glück erreichen wir ihn im Jenseits.“

Jenseits war Millas Stichwort. Wenn ihr Vater dieses Wort aussprach, musste sie mit der Fernbedienung die Musikanlage einschalten und gleichzeitig die Leuchten unter dem Tisch anknipsen. Michael hatte eine CD mit Tönen und Melodien aufgenommen, die klangen, als wären sie nicht von dieser Welt. Zusammen mit dem Duft der Kerze und dem schummrigen Licht sollte die Musik eine Atmosphäre schaffen, in der es völlig alltäglich schien, dass plötzlich der Geist eines Toten in einem stinknormalen Wohnzimmer auftauchte.

„Ich versuche jetzt einen Kontakt zum Jenseits herzustellen“, wiederholte Millas Vater etwas lauter, weil Milla die CD und das Licht unter dem Tisch immer noch nicht eingeschaltet hatte.

Milla suchte nach der Fernbedienung und bemerkte mit Schrecken, dass sie auf dem Sofa lag. Sie musste sie dort vergessen haben, als sie die Zeitungen weggeräumt hatte. Milla ging auf die Knie und schlich hinter dem Rücken von Frau Müller auf das Sofa zu.

Michael beobachtete entsetzt, wie seine Tochter aus

ihrem Versteck krabbelte, während er murmelte: „Das scheint nicht so leicht zu werden, vielleicht haben die im Jenseits heute einen Feiertag. Kleiner Scherz."

Michael lächelte Frau Müller an, um sie davon abzuhalten, sich umzudrehen.

Milla hatte das Sofa inzwischen erreicht und sich die Fernbedienung geschnappt. Auf halbem Weg zurück hinter die Vorhänge schaltete sie die Musik und die Strahler an, die Michael von unten rot anleuchteten.

„Ich glaube, jetzt habe ich Kontakt. Walter? Kannst du mich hören?", sagte Michael, während er angestrengt in die Kristallkugel schaute.

Wieder in ihrem Versteck, ließ Milla das Licht unter dem Tisch mit der Fernbedienung langsam von Rot auf Blau wechseln.

„Geist von Walter, bist du da?", fragte Millas Vater.

Milla räusperte sich hinter der Gardine, genau wie Michael es mit ihr geprobt hatte.

Frau Müller blickte sich kurz um, aber da sie nichts erkennen konnte, wandte sie sich wieder der Kugel zu.

„Fragen Sie mein Seebärchen, wie es ihm geht", bat sie Millas Vater.

„Wie geht es dir, Geist von Walter? Sprich mit mir!" Michael legte den Kopf schräg, als würde er in die Kristallkugel hineinlauschen. „Ich kann ihn kaum verstehen, da ist so ein Rauschen … Warten Sie, das ist gar kein Rauschen. Das sind Wellen! Er segelt auf einem Schiff durch das Jenseits und lässt Sie schön grüßen. Ich soll Ihnen ausrichten, dass es ihm gut geht und dass seine Magenprobleme völlig verschwunden sind."

„Er hat ein Segelboot und es geht ihm gut!" Frau Müller seufzte erfreut.

„Aber er hat noch eine Bitte an Sie", erklärte Millas Vater.

„So? Welche denn?", fragte Frau Müller überrascht.

„Sie sollen aufhören, Trauer zu tragen, und sich wieder was Buntes anzieh…"

In dem Augenblick war ein lautes Scharren an der Balkontür zu hören. Milla drehte sich um. Es waren Siggi und Roy. Die Kaninchen hatten sich auf die Hinterbeine gestellt und kratzten mit ihren Pfoten an der Glastür.

„Mist!", flüsterte Milla, als sie den offenen Käfig sah.

„Was ist das denn für ein Geräusch?", fragte Frau Müller erschrocken, während Milla hinter dem Vorhang versuchte, Siggi und Roy mit wedelnden Armbewegungen in den Käfig zu treiben.

Dabei geriet sie mit den Fingern auf die Knöpfe der Fernbedienung. Die Musik wurde ohrenbetäubend laut und die Lichter unter dem Tisch wechselten im Sekundentakt die Farben. Erst als die Kaninchen vor dem Lärm in ihren Käfig geflüchtet waren, gelang es Milla, die Technik wieder unter Kontrolle zu kriegen.

„Manchmal versucht das Böse, durch die Öffnung zum Jenseits in unsere Welt vorzudringen", erklärte Michael seiner verängstigten Kundin. „Aber ich glaube, wir haben gesiegt. Den Kontakt zu Ihrem Mann habe ich jedoch verloren. Leider. Wie wäre es jetzt mit einer Tasse Tee? Ich glaube, in der Küche steht noch eine Kanne."

Als Michael mit Frau Müller das Zimmer verlassen hatte, öffnete Milla die Balkontür und verriegelte den Käfig ihrer Kaninchen. Dann wagte sie sich aus ihrem Versteck hinter dem Vorhang. Es war höchste Zeit für sie, ins Bett zu gehen und darauf zu warten, dass ihr Vater kam, um ihr einen Gutenachtkuss zu geben. So, wie er es jeden Abend tat.

Beginn einer Freundschaft

Milla lag im Bett und lauschte. Ihr Vater verabschiedete sich auf dem Flur von Frau Müller, die laut lachte und sich immer wieder bei ihm bedankte. Dann hörte Milla, wie die Wohnungstür ins Schloss fiel und Michael über den Gang zu ihrem Zimmer lief. Kurz darauf ging auch schon die Tür auf.

„Na, schläfst du noch nicht?" Millas Vater setzte sich auf die Bettkante und strich seiner Tochter übers Haar. Er hatte immer noch den Morgenmantel mit den Sternen an und den Turban auf dem Kopf.

„Erst wenn du diese lächerliche Verkleidung ausziehst", sagte Milla.

Michael legte den Turban auf den Boden und streifte den Mantel ab, unter dem er ein schwarzes T-Shirt und eine dunkle Sporthose trug.

„Besser so?"

„Viel besser", erwiderte Milla. „Woher wusstest du, dass ihr das mit dem Segelboot gefallen würde?"

„Das war nicht schwer. Sie hat doch die ganze Zeit von ihrem Seebärchen gesprochen. Außerdem hatte sie eine Kette mit einem Anhänger um den Hals. Einen Anker!“

„Cold Reading“, flüsterte Milla.

So nannte man die Kunst, bei der man aus der genauen Beobachtung anderer Menschen Rückschlüsse darauf zog, was sie mochten oder als Nächstes tun würden. Alle Wahrsager arbeiteten mit dieser Technik – wie auch Sherlock Holmes in den berühmten Krimis. Das Geheimnis war, aufmerksam hinzuschauen und hinzuhören. Die Menschen gaben viel mehr von sich preis, als sie wollten. Auch Milla beherrschte das Cold Reading, wenn auch noch lange nicht so gut wie ihr Vater.

„Richtig. Außerdem weiß doch die ganze Nachbarschaft, dass sie und ihr verstorbener Mann in Holland ein Segelboot hatten. Da war mir klar, dass es sie freuen würde, wenn ihr Seebärchen auch im Jenseits auf einem Schiff herumschippert.“

„Es ist trotzdem Betrug – wie auch deine verlogenen Vorhersagen.“

Milla nahm das Wasserglas, das neben ihrem Bett stand, und hielt es in die Höhe, wie Michael es manchmal mit seiner Kristallkugel tat.

„Im Augenblick sehe ich nur einen wabernden Nebel. Moment, warten Sie, jetzt wird das Bild klarer“, ahmte Milla die Stimme ihres Vaters nach. „Ich sehe einen Mann, ein kleiner Mann, ein sehr kleiner Mann, der … der … jetzt erkenne ich es genau. Ein Mann, der Frauen totalen Blödsinn über ihre Zukunft erzählt und dafür auch noch Geld kassiert.“

„Ich gebe ihnen Hoffnung.“

„Du schwindelst ihnen das Blaue vom Himmel herunter.“

Millas Vater sah aus dem Fenster, dann schaute er Milla an. „Stimmt gar nicht, das Blau ist noch da. Am Himmel fehlt kein Blau.“

„Papa, sei doch mal einen Moment ernst!“

„Milla, das hatten wir doch alles schon. Immerhin spazieren die Damen hier viel besser gelaunt heraus, als sie hereingekommen sind. Das ist wie beim Friseur. Ich frisiere ihnen nur ihre Zukunft ein bisschen hübscher. Was ist daran so schlimm?“

„Du frisierst sie nicht. Du verkaufst ihnen Perücken, das ist schlimm.“

„Wow! Hast du dir das selber ausgedacht?“ Michael hob anerkennend die Augenbrauen.

„Nein, das hat Mama gesagt“, gab Milla zu. „Es ist trotzdem Beschiss und Houdini hätte so was nie getan.

Der hat sein Leben lang gegen Betrüger wie dich gekämpft."

„Hast du denn nicht gehört, wie glücklich sich Frau Müller gerade auf dem Flur verabschiedet hat? Wie beruhigt sie klang? Außerdem hat sie großzügig bezahlt. Hier, das ist übrigens dein Anteil."

Michael griff in die Hosentasche und reichte Milla einen Fünfeuroschein. „Obwohl ich bei dem Chaos, das du veranstaltet hast, eigentlich was abziehen müsste."

„Das war nicht ich, das waren Siggi und Roy!" Milla nahm den Schein und legte ihn auf einen kleinen Plastiksarg, der auf ihrem Nachttisch stand. Die Hand eines Skeletts erschien und zog das Geld ins Innere der Dose.

„Und? Reicht es schon für einen neuen Fechthelm?", erkundigte sich Michael.

„Noch nicht ganz, aber ich überlege sowieso, ob ich nicht doch lieber meinen alten Helm behalte und ihn einfach nur ein bisschen aufmotze. Ich könnte was draufsprühen. Das sieht cool aus und ist nicht so teuer wie ein neuer", erklärte Milla.

„Wie kommt das denn so plötzlich?", fragte Michael. „Du wolltest doch unbedingt einen neuen Helm?"

„Heute war ein Junge beim Fechten, der hatte auch so einen. Mit einer Spinne drauf. Der war ziemlich gut, ich habe ganz knapp gegen ihn verloren. Aber das habe ich dir doch vorhin schon am Telefon erzählt."

„Bist du verknallt?"

„Wie kommst du denn darauf?", erwiderte Milla beleidigt.

„Cold Reading", antwortete Michael und lachte.

„So ein Blödsinn! Ich weiß ja nicht mal, wie er aussieht. Er hatte doch die ganze Zeit den Helm auf – schon vergessen? Du bist echt doof!" Milla nahm ihr Kopfkissen und warf es Michael an den Kopf.

Ihr Vater schnappte sich das Kissen und schmiss es zurück. Das Kissen flog immer schneller hin und her, bis sich Michael völlig erschöpft neben seiner Tochter aufs Bett fallen ließ.

„Hast du heute schon mit Mama geskypt?", fragte er atemlos.

„Hast du?", fragte Milla zurück.

„Nein, aber ich bin ja auch nur ihr Exmann. Du bist ihre Tochter. Also was ist? Hast du mit ihr gesprochen?"

„Wieso fragst du? Du bist der Hellseher, du müsstest das doch wissen."

„Milla!"

„Ich rufe sie morgen an. Da habe ich mehr Zeit, da muss ich keine Sklavenarbeit für dich machen."

„Gut bezahlte Arbeit ist keine Sklavenarbeit. Aber es ist keine schlechte Idee, dir für deine Unterstützung kein Geld mehr zu zahlen. Ich werde mal drüber nachdenken.“ Michael gab Milla einen Kuss. „Und jetzt schlaf gut, meine Kleine.“

Aber das war leichter gesagt als getan. Milla lag noch lange wach, weil sie an den geheimnisvollen Jungen mit dem Spinnenhelm denken musste und an Frau Müller, die nach der kleinen Theatervorführung ihres Vaters wirklich viel glücklicher gewirkt hatte. Warum musste das Leben nur so schrecklich kompliziert sein, fragte sich Milla, bevor sie dann doch irgendwann einschlief.

Als Milla am nächsten Morgen aufwachte, zog sie sich an, ging ins Bad und lief dann schnell in die Küche.

Am Kühlschrank hing eine Nachricht von ihrem Vater:

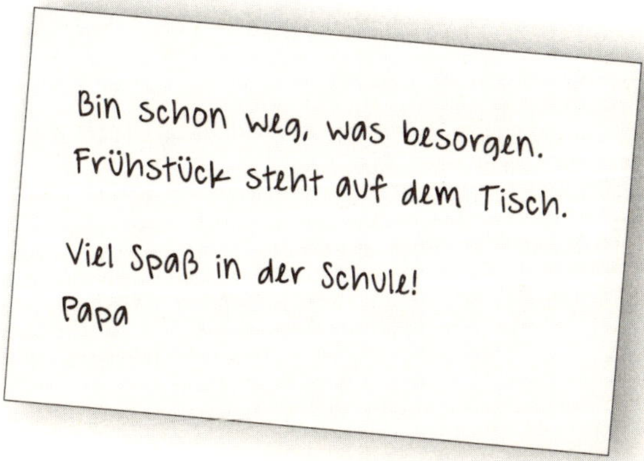

Milla verzog das Gesicht. *Viel Spaß in der Schule!* Wie sollte das denn gehen?

Sie nahm sich eine Flasche Milch aus dem Kühlschrank und setzte sich an den Tisch, auf dem ihr Vater für sie einen Teller und eine Packung Müsli, zwei Brötchen, Butter und ein Glas Marmelade bereitgestellt hatte.

Milla stand noch einmal auf, um sich die Schokocreme zu holen. Die durfte sie eigentlich nur am Wochenende frühstücken, aber da ihr Vater nicht hier war, würde er es auch nicht merken.

Früher, als sie noch kleiner war, hatte sie geglaubt, ihr Vater, der Hellseher, wüsste immer ganz genau, was sie tat, auch wenn er woanders war. Jetzt glaubte sie das nicht mehr und schraubte seelenruhig das Glas auf, um sich die süße braune Creme auf ihr Brötchen zu schmieren.

Als sie mit dem Frühstück fertig war, packte sie ihren Rucksack und machte sich auf den Weg zur Schule.

Auf dem Schulhof stellte Milla sich zu den anderen Mädchen, die sich darüber unterhielten, was sie gestern Nachmittag gemacht hatten. Milla hielt lieber den Mund. Sie hatte so schon genug Ärger wegen ihres Vaters, da musste sie den anderen nicht auch noch erzählen, dass sie versteckt hinter einem Vorhang an einer inszenierten Geistererscheinung mitgewirkt hatte.

Außerdem gehörten einige Mütter ihrer Klassenkameradinnen zu Michaels Kundschaft. Da wäre es nicht besonders clever gewesen, die Tricks ihres Vaters auszuplaudern, solange sie noch nicht genug Geld für ihr Ticket nach Südafrika zusammenhatten.

Während sich die anderen Mädchen unterhielten, ließ Milla ihren Blick über den Schulhof schweifen. Wenn sie sich langweilte, so wie jetzt, versuchte sie vorherzusagen, was wohl als Nächstes passieren würde. Nicht, weil sie in die Zukunft blicken konnte, sondern einfach, indem sie genau hinschaute und daraus Rückschlüsse zog.

Zum Beispiel der Junge, der da vorne auf der Tischtennisplatte hockte und in einem Buch las. Jeder in der Schule wusste, dass der Platz für Jacob und seine Freunde reserviert war. Sonst traute sich niemand auch nur in die Nähe der Platte, weil er dadurch eine Menge Ärger riskiert hätte.

Milla beobachtete neugierig, wie Jacob mit zwei Freunden auf die Platte zuging. Entweder war der Junge, der dort saß, lebensmüde, oder er hatte tatsächlich keine Ahnung, in welcher Gefahr er sich befand.

„Kennt ihr den Jungen, der da vorne sitzt?", fragte Milla die anderen Mädchen.

Die meisten hatten ihn auch noch nie gesehen, nur Melanie sagte: „Der ist letzte Woche in das Haus neben uns eingezogen. Ich glaube, er heißt Henry. Warum interessiert dich das, Hexe?"

„Nur so." Milla ignorierte die Beleidigung und ließ die Tischtennisplatte nicht aus den Augen.

Jacob und seine Freunde hatten den fremden Jungen inzwischen erreicht. Milla war zu weit weg, um verstehen zu können, worüber sie sprachen, aber es war nicht schwer zu erraten, dass Jacob den Neuen verscheuchen wollte. Doch der Junge blieb einfach sitzen, so als sähe er nicht ein, seinen Platz zu verlassen, nur weil Jacob das von ihm verlangte.

Plötzlich ging alles ganz schnell. Jacobs Freunde rissen den Jungen von der Platte herunter. Er fiel auf den Boden und griff nach einem langen, geraden Ast, den der Wind von den Bäumen gefegt hatte.

Dann stand er auf und ging mit dem Ast in der Hand auf Jacob und seine Freunde los, obwohl seine Gegner zahlenmäßig überlegen und alle gut einen Kopf größer waren als er. Sein Angriff erfolgte konzentriert und beherrscht. Jacob traf er an der Schulter, seine Freunde an Armen und Beinen.

Die drei schrien erschrocken auf und wichen vor ihm zurück. Der Neue benötigte nur noch zwei weitere Attacken mit seinem Holzschwert, bis Jacob und seine Freunde endgültig einsahen, dass sie keine Chance gegen ihn hatten. Fluchend trollten sie sich Richtung Schuleingang.

Der Junge warf den Ast ins Gebüsch, klopfte sich den Dreck von der Hose und hob sein Buch auf, das auf den Boden gefallen war. Dann folgte er Jacob und den anderen, weil der Gong den Beginn des Unterrichts angekündigt hatte.

Milla lächelte. Kein Zweifel, das war der Junge mit dem Spinnenhelm, und jetzt kannte sie endlich auch seinen Namen: Henry.

Cold Reading

Milla beobachtete Henry in der ersten großen Pause aus sicherer Entfernung, um möglichst viel über ihn herauszufinden. Was für Klamotten er anhatte, wie sein Pausenbrot aussah und was er sonst noch so tat oder auch nicht tat.

Er trug Turnschuhe, die ziemlich neu und ziemlich teuer aussahen, eine viel zu große Lederjacke und darunter ein T-Shirt mit dem Bild einer Rockband, von der Milla noch nie etwas gehört hatte.

Zum Essen hatte er üppig belegte Brote mit Salat, der schon etwas welk aussah, und einen Apfel dabei. Dazu kaufte er sich am Schulkiosk eine Flasche zuckerfreie Limonade. Danach saß er auf der Tischtennisplatte und las in seinem Buch, dessen Titel Milla aus der Ferne nicht erkennen konnte.

Jacob und seine Freunde standen am Tor und warfen dem Neuen wütende Blicke zu, trauten sich nach ihrer demütigenden Niederlage am Morgen aber nicht mehr an ihn heran. Auch sonst sprach niemand mit ihm, und aus der Haltung, mit der er sich hochkonzentriert über sein Buch beugte, war leicht abzulesen, dass er auf ein Gespräch mit seinen Mitschülern keinen allzu großen Wert legte.

Milla fand das gut. Sie war selbst nicht der Typ, der gerne im Mittelpunkt stand und viele Freunde hatte. Und das lag nicht nur daran, dass sie wegen des ungewöhnlichen Jobs ihres Vaters immer wieder einen blöden Spruch kassierte.

Als die Pause zu Ende war, hielt sich Milla auf der Treppe ganz dicht hinter Henry. Sie wollte wissen, was für ein Buch er auf der Tischtennisplatte gelesen hatte. Sie hatte Glück. Henry trug es so unter dem Arm, dass sie den Titel erkennen konnte. Es war ein Sachbuch über Planeten, schwarze Löcher und die unendlichen Weiten des Universums.

Milla grinste zufrieden. Damit hatte sie alle Informationen zusammen, um ihn endlich ansprechen zu können.

Auch in der nächsten Pause hockte Henry wieder allein auf der Tischtennisplatte und las.

Milla ging einfach zu ihm und sagte: „Hallo.“

Henry sah irritiert von seinem Buch auf und nickte zum Gruß.

„Glaubst du an Wahrsagerei?“, fragte Milla.

„Nein“, antwortete Henry.

„Ich auch nicht, aber ich wusste, dass du das sagen würdest“, erklärte Milla. „Ich kenne dich zwar nicht, aber ich weiß schon eine ganze Menge über dich.“

„So? Was denn?“, fragte Henry neugierig.

„Dass du gut fechten kannst, zum Beispiel.“

„Das ist nicht so schwer, du hast bestimmt gesehen, wie ich mich heute Morgen gegen diese Idioten da vorne verteidigt habe.“ Henry deutete auf Jacob, der mit seinen Freunden am Kiosk stand. „Weißt du sonst noch was über mich, was nicht jeder andere hier auch schon weiß?“

„Du lebst bei deiner Mutter, die aber wenig Zeit für dich hat. Deswegen kauft sie dir teure Turnschuhe. Das mit dem Alleinsein findest du aber gar nicht so schlimm, weil du gern für dich bist. Du hörst Musik, die die Radiosender nicht spielen, und bist eher so der Außenseitertyp.“

Henry sah Milla überrascht an. „Bist du so eine Art Stalkerin? Oder woher weißt du das alles?“

„Dass du nicht an Wahrsagerei glaubst, habe ich an deinem Buch gesehen. Niemand, der sich für Astrophysik interessiert, glaubt an Hellseherei, Horoskope und so einen Hokuspokus. Und dass du bei deiner Mutter lebst, war auch nicht schwer zu erraten."

„Wieso?", fragte Henry.

„Dein Pausenbrot."

„Was ist mit meinem Pausenbrot?"

„Kein Vater würde dir so ein Brot machen, das machen nur Mütter. Aber weil sie das heute Morgen nicht geschafft hätte, hat sie es dir gestern Abend geschmiert. Das sieht man an dem welken Salat. Und wenn sie schon morgens keine Zeit hat, wird sie auch sonst kaum Zeit für dich haben. Und um das wiedergutzumachen, kauft sie dir ständig neue teure Schuhe."

Milla zeigte erst auf die Sneakers an Henrys Füßen und dann auf sein Oberteil. „Das mit der Musik war am einfachsten, weil du ein T-Shirt einer Band trägst, die kein Mensch kennt. Was deinen Vater angeht, bin ich mir nicht ganz sicher. Entweder deine Eltern sind geschieden oder er ist gestorben. Ich befürchte allerdings, dass er nicht mehr am Leben ist. Deswegen trägst du seine Jacke, obwohl sie dir viel zu groß ist. Tut mir leid, wenn ich recht habe. Habe ich recht?"

Henry nickte. „Ist aber schon ein paar Jahre her."

„Tut mir echt leid! Eine Sache habe ich noch vergessen: Du hast Angst, zu dick zu werden. Ich nehme an, dein Vater war dick und du willst nicht werden wie er. Aber das ist totaler Blödsinn, weil du megaschlank bist. Also hör auf, dieses zuckerfreie Zeug zu trinken. Davon kriegt man Krebs."

„Wow!", sagte Henry.

„Und? Stimmt alles?"

„Fast. Mein Vater war nicht dick, er war superdick, und die Schuhe habe ich mir selber gekauft."

„Mist!" Milla ärgerte sich, weil sie sich geirrt hatte.

„Aber das Geld dafür hat mir meine Mutter gegeben."

„Bingo!", freute sich Milla. „Mein Name ist übrigens Milla, wir haben gestern Abend gegeneinander gefochten."

„Du warst das? Du warst richtig gut." Henry hatte sein Buch auf die Tischtennisplatte gelegt und stand jetzt neben Milla. „Da, wo wir vorher wohnten, hatte ich keine ernsthaften Gegner. Aber gestern musste ich mich echt anstrengen."

„Ging mir genauso", erwiderte Milla. „Du schuldest mir eine Revanche und du musst mir unbedingt sagen, wie du deinen Helm besprüht hast. Ich will auch so was. Muss ja nicht unbedingt eine Spinne sein."

Den Rest der Pause unterhielten sie sich über ihren Sport und verabredeten sich für den Nachmittag.

„Dann spiel ich dir ein paar Songs vor, die ich gut finde", sagte Henry.

„Und ich stelle dir Siggi und Roy vor."

„Wen?", fragte Henry verständnislos.

„Erklär ich dir heute Nachmittag. Um drei bei mir? Ulmengasse 5."

„Um drei bei dir. Ulmengasse 5."

Als Milla nach Hause kam, stand ihr Vater in der Küche und füllte Wasser in Glasflaschen, die in einer langen Reihe auf der Spüle neben ihm standen. Dabei redete er laut auf das Wasser ein, als wollte er sich mit jedem einzelnen der Tropfen unterhalten. Erst als er Milla hinter sich bemerkte, drehte er den Wasserhahn zu.

„Was machst du da?", wollte Milla wissen. „Und wo kommen die ganzen Flaschen her?"

„Die habe ich heute Morgen besorgt, als du noch geschlafen hast."

„Und was willst du damit?"

„Wonach sieht es denn aus?", fragte Michael zurück und drehte den Wasserhahn wieder auf.

„Willst du eine ehrliche Antwort?"

„Ich bitte sogar darum."

„Es sieht aus, als wärst du völlig übergeschnappt."

Michael wandte sich seiner Tochter zu. „Ich nicht, aber die Leute, die das kaufen. Ich habe beschlossen, unser kleines Geschäft ein wenig auszubauen und ab heute auch Amulette, die vor Flüchen schützen, Pendel, Wünschelruten und so ein Zeug zu verkaufen."

„Und was hat das Wasser damit zu tun?"

„Die Leute sind ganz wild nach besprochenem Wasser. Sie glauben, das Wasser heilt sie von Krankheiten."

„Und? Tut es das?", fragte Milla skeptisch.

„Woher soll ich das wissen? Ich bitte das Wasser ja nur zu helfen. Ich befehle es ihm nicht", antwortete Michael und zuckte mit den Schultern.

„Sehr komisch." Milla lächelte ihren Vater mitleidig an, dann nahm sie eine der Wasserflaschen und hielt sie vor sich in die Höhe. „Was ist braun und schwimmt unter Wasser? Na? Ein U-Brot!"

„Was soll das denn jetzt werden?", fragte ihr Vater.

„Vielleicht lachen die Leute beim Trinken, wenn man dem Wasser vorher Witze erzählt."

„Auch sehr komisch", erwiderte Michael und grinste.

„Das ist doch die totale Verarsche. Das ist ganz gewöhnliches Wasser, das du den Leuten für das Doppelte verkaufst, nur weil du mit dem Wasser geredet hast." Milla stellte die Flasche zu den anderen zurück auf die Spüle.

„Sie zahlen nicht das Doppelte."

„Da bin ich aber beruhigt."

„Die zahlen das Zehnfache."

Milla verzog missbilligend das Gesicht, während Michael sie versöhnlich anlächelte.

„Damit finanziere ich übrigens auch dein Taschengeld. Und hey, die Leute wollen es haben. Es tut ihnen gut. Uns auch, wir können das Geld gut gebrauchen. Auch für dein Ticket zu deiner Mutter. Aber keine Sorge, ich prophezeie dir, dass du schon bald in den Flieger nach Johannesburg steigen wirst."

„Bist du heute Nachmittag eigentlich zu Hause?", wechselte Milla das Thema, weil sie vor Henrys Besuch noch ungestört ihren Entfesselungstrick üben wollte.

„Nein, ich habe um drei Uhr noch eine Sendung", erwiderte Michael.

„Dann viel Spaß beim Lügen." Milla schnappte sich einen Apfel, der in einer Schale auf dem Küchentisch lag, und verließ die Küche.

Milla lief ins Bad und ließ die Wanne volllaufen. An einem Wäscheständer hing ihr Badeanzug. Während sie sich umzog, aß sie den Apfel und prüfte dabei immer wieder die Temperatur des Wassers. Houdini hatte seinen Entfesselungstrick in einem eiskalten Fluss vorgeführt. Milla bevorzugte warmes Wasser. Außerdem übte sie ja noch und deswegen gönnte sie sich auch noch ein wenig Badeschaum dazu.

Gut duftendes Wasser war auf jeden Fall besser als gut besprochenes, dachte sie und musste unwillkürlich grinsen. Als die Wanne halb voll war, hörte sie, wie sich ihr Vater im Flur die Schuhe und die Jacke anzog.

„Ich bin dann mal weg, wir sehen uns heute Abend!“, rief er Milla durch die Badezimmertür zu. „Da habe ich keine Termine und wir können es uns gemütlich machen.“

„Bis dann!“, rief Milla zurück, aber da hörte sie auch schon, wie die Tür ins Schloss fiel.

Milla legte sich die Handschellen an und den Schlüssel auf den Rand der Wanne, wo sie ihn leicht erreichen konnte. Dann setzte sie sich eine Schwimmbrille auf, stieg ins Wasser und tauchte mit dem Kopf unter. Mit den Fingern versuchte sie, die Handschellen über ihre Handgelenke zu streifen und dabei ganz ruhig zu bleiben. Normalerweise schaffte sie es, eine Minute lang die Luft anzuhalten. An guten Tagen sogar bis zu zwei Minuten, aber es hatte noch nie gereicht, um sich von den Fesseln zu befreien. Auch diesmal gelang es Milla nicht, sie abzustreifen.

Atemlos tauchte sie zwischen den Schaumbergen wieder auf, holte tief Luft und versuchte es ein zweites Mal. Ohne Erfolg. Sie hatte keine Ahnung, wie Houdini es geschafft hatte, sich unter Wasser von den Handschellen zu befreien.

Aber das werde ich schon noch rauskriegen, dachte Milla und tauchte erneut unter, obwohl ihre Finger schon jetzt ganz verschrumpelt waren.

Auf Schlüsselsuche

Unter Wasser hörte Milla ein seltsames Geräusch. Es klang wie ein Wecker, den man erst in ein Kopfkissen gewickelt und dann in eine Schublade gesteckt hatte. Sie brauchte einen Moment, bis ihr klar wurde, dass es die Türklingel war.

Milla tauchte auf, obwohl es ihr immer noch nicht gelungen war, die Handschellen zu öffnen oder abzustreifen.

Wieder läutete es an der Tür.

Milla schaute auf die Uhr, die auf dem Badezimmerregal stand und ihr morgens dabei half, nicht zu spät zur Schule zu kommen.

Es war drei Uhr!

Fluchend stieg sie aus dem Wasser und griff nach dem kleinen Schlüssel, der auf dem Wannenrand lag. Doch weil ihre Finger nass und verschrumpelt waren, rutschte ihr der Schlüssel aus der Hand und versank in einem der Schaumberge, die immer noch in der Wanne trieben.

„Verdammt! Verdammt! Verdammt!“, schimpfte Milla, während es draußen ein weiteres Mal klingelte.

„Einen Augenblick, bin gleich da!“, brüllte Milla und beugte sich über die Wanne, um nach dem Schlüssel zu fischen. Für einen Moment überlegte sie, einfach das Wasser abfließen zu lassen, ließ es dann aber bleiben, weil es viel zu lange dauern würde. Außerdem bestand die Gefahr, dass der kleine Schlüssel für immer und ewig im Abfluss verschwinden würde.

Es läutete erneut.

Weil Milla befürchtete, dass Henry gehen würde, wenn sie ihm nicht bald öffnete, gab sie die Schlüsselsuche auf. Milla hüllte sich in ein großes Handtuch und machte sich mit nassen Füßen auf den Weg zur Tür.

Henry sprang einen Meter zurück, als Milla ihm öffnete.

„Bin ich zu früh?“, stotterte er erschrocken und starrte auf die Schwimmbrille, die Milla immer noch über den Augen trug.

„Nein, ich bin zu spät“, erwiderte Milla. „Komm rein, du kannst mir helfen, den Schlüssel zu suchen.“

„Was denn für einen Schlüssel?“

Statt ihm zu antworten, hielt Milla ihre Hände mit den Handschellen in die Höhe.

„Alles okay bei dir?“, fragte Henry besorgt.

„Gar nichts ist okay“, erklärte Milla. „Ich schaffe es einfach nicht.“

„Was schaffst du nicht?“ Henry sprach langsam und betonte jedes Wort, so als würde er mit einer Verrückten reden.

„Ich erkläre es dir, aber jetzt komm erst mal rein. Hier draußen im Flur ist es arschkalt.“

Henry folgte Milla ins Bad, wo sie endlich die Brille abnahm und ihm von Houdini und seinem Entfesselungstrick erzählte. Und von ihren vergeblichen Versuchen, diesen Trick in der Badewanne zu wiederholen, bevor sie ihn dann im Hallenbad der Öffentlichkeit vorführen würde. Denn genau das war ihr Plan: sich in Handschellen vom Fünfer ins Wasser fallen zu lassen, sich im Sprungbecken unter Wasser von den Fesseln zu befreien und unter dem Applaus ihrer Mitschüler wieder aufzutauchen. Dann würde sich niemand mehr über sie und den Job ihres Vaters lustig machen, davon war Milla überzeugt.

„Und wie hat Houdini das geschafft?“ Henry deutete auf die Handschellen. „Wie ist er die losgeworden?“

„Ich habe keine Ahnung“, gestand Milla. „Und jetzt hilf mir, den Schlüssel zu finden. Der muss da irgendwo im Wasser liegen.“

Henry zog die alte Lederjacke seines Vaters aus und krempelte die Ärmel seines Pullis hoch. Um besser ins Wasser schauen zu können, wischte er den Schaum zur Seite. Eine der Schaumwolken landete in Millas Gesicht.

Erst war sie verdutzt, dann revanchierte sie sich, indem sie mit der flachen Hand in einen der Schaumberge schlug. Sofort war in dem kleinen Badezimmer eine Wasserschlacht im Gange, an deren Ende beide nass und der ganze Schaum von der Wasseroberfläche verschwunden war.

„Da unten liegt er." Henry zeigte auf den Wannenboden, auf dem der Schlüssel jetzt deutlich zu erkennen war. Dann griff er mit der Hand ins Wasser und holte ihn heraus.

„Kannst du bitte aufschließen?" Milla hielt Henry ihre gefesselten Arme hin.

„Nö." Henry steckte sich den Schlüssel in den Mund und machte ein Schluckgeräusch.

„Was soll der Quatsch?", rief Milla. „Du hast den doch jetzt nicht wirklich runtergeschluckt?"

„Vielleicht, vielleicht auch nicht", erwiderte Henry. „Sag du es mir, du bist doch die Hellseherin von uns beiden."

„Idiot!"

„Das war nur ein Witz." Henry öffnete den Mund und holte den Schlüssel hervor, den er unter seiner Zunge versteckt hatte.

„Der war aber nicht komisch."

„Entschuldige", sagte Henry und schloss Millas Handschellen auf.

„Danke." Milla reichte Henry ein Handtuch, damit er sich abtrocknen konnte, und schob ihn ins Wohnzimmer. „Du kannst da auf mich warten, ich ziehe mir nur schnell was anderes an."

Als Milla ins Wohnzimmer kam, stand Henry an dem runden Tisch und hielt die Kristallkugel in der Hand.

„Was ist das?", fragte Henry.

„Eine Kristallkugel."

„Das sehe ich selbst, aber wozu soll die gut sein?"

„Damit kann man in die Zukunft sehen", antwortete Milla.

„Echt?"

Milla schnaubte. „Natürlich nicht."

„Meine Mutter glaubt an so ein Zeug. Sie checkt jeden Morgen ihr Horoskop auf dem Handy und jetzt hat sie sogar angefangen, besprochenes Wasser zu kaufen, weil das angeblich gut für ihre Gesundheit ist."

Milla musste laut loslachen.

„Ich finde das nicht so lustig." Henry stellte die Kugel zurück auf den Tisch.

„Ich lache nur, weil mein Vater heute Morgen bei uns in der Küche Leitungswasser besprochen hat, um es an Leute wie deine Mutter teuer weiterzuverkaufen."

„Das ist nicht dein Ernst!"

„Leider doch."

„Und was macht dein Vater, wenn er sich nicht gerade mit Wassertropfen unterhält?"

„Dann arbeitet er beim Fernsehen."

„Cool", sagte Henry.

„Geht so, er schwindelt bei *Sternzeichen TV* den Anruferinnen die Zukunft voraus."

„Gar nicht cool", bemerkte Henry. „Da hat meine Mutter auch schon angerufen. Seit mein Vater tot ist, ist sie völlig durch den Wind und glaubt an so einen Quatsch."

„Wie lang ist er denn schon tot?"

„Knapp drei Jahre. Seitdem sind wir immer wieder umgezogen, weil ihr irgendwer versprochen hat, dass es im nächsten Ort besser sein würde. War es aber nie."

„Das hätte ich ihr auch voraussagen können."

„Hast du das von deinem Vater geerbt?"

„Was?"

„Die Wahrsagerei."

„Spinner!“

„Selber!“

Die beiden grinsten sich an, als plötzlich das aufgeregte Fiepen von Siggi und Roy auf dem Balkon ertönte.

„Mist, ich habe vergessen, meine Kaninchen zu füttern!“, rief Milla. „Hilfst du mir?“

„Logisch“, erwiderte Henry und folgte ihr in die Küche, um ein paar Möhren und etwas Salat zu holen.

Roy saß auf Henrys Schoß und Siggi auf Millas. Die beiden Kaninchen knabberten an ihren Karotten.

„Und wo steckt deine Mutter?“, wollte Henry wissen.

„In Südafrika, da wollte sie schon immer hin, um auf einer Tierfarm zu arbeiten“, erzählte Milla. „Nach der Trennung von meinem Vater hat sie ihren Traum verwirklicht.“

„Und was ist mit dir?“

„Ich sollte mit, aber ich bin lieber hier in Deutschland bei meinem Vater geblieben. Sobald ich genug Geld fürs Ticket habe, werde ich sie besuchen.“

Schweigend streichelten sie das Fell der Kaninchen. Nach einer Weile holte Henry sein Handy und einen Kopfhörer aus der Tasche.

„Ich wollte dir doch ein paar Songs vorspielen. Hast du Lust?“

„Klar.“ Milla griff nach dem rechten Hörer, den Henry ihr hinhielt, während er sich selbst den linken ins Ohr steckte.

„Ist schon etwas älter, klingt aber ziemlich gut“, bemerkte Henry. „Finde ich zumindest.“

„Klingt echt gut“, sagte Milla.

„Die Songs sind von meinem Vater, er hat in einer Band gespielt.“

„Cool.“

Henry zuckte die Achseln. „Geht so, sie waren nie besonders erfolgreich. Dabei ist ihre Musik wirklich klasse. Mein Vater hat nur für die Musik gelebt, er war völlig besessen davon und hat sogar seiner E-Gitarre einen Namen gegeben.“

Konzentriert lauschte Milla den Songs, die Henry auf seinem Handy auswählte.

„Vielleicht hat er ihn irgendwo versteckt?“ Henry hatte die Musik gestoppt und sah Milla fragend an.

„Wer?“, fragte Milla zurück.

„Na, dieser Houdini. Vielleicht hat der den Schlüssel für die Handschellen irgendwo versteckt.“

„Nein, die haben ihn von oben bis unten gefilzt, bevor er in den Fluss gesprungen ist“, erwiderte Milla.

„Es gab sogar Polizisten, die kontrolliert haben, ob die Handschellen auch wirklich echt waren. Der hatte keine Chance zu schummeln. Aber ich werde seinen Trick …“

„Hier steckst du! Ich habe dich schon überall gesucht.“ Millas Vater stand in der Tür, die zum Balkon führte. Milla hatte ihn nicht kommen hören und sah überrascht zu ihm hoch.

„Oh, du hast Besuch.“ Ihr Vater begrüßte Henry mit einem Lächeln.

„Das ist Henry“, erklärte Milla. „Er ist bei mir im Fechtclub.“

„Ist das der Junge, von dem du mir erzählt hast?“ Aus Michaels Lächeln wurde ein breites Grinsen.

Milla warf ihm dafür einen wütenden Blick zu.

„Und Sie sind der Wahrsager?“, fragte Henry.

„Bin ich“, antwortete Michael. „Und ich sehe, dass du später mal in der Bundesliga kickst.“

„Ich will aber gar kein Fußballer werden“, sagte Henry.

„Wirklich nicht?“ Michael sah Henry verwundert an. „Die meisten Jungen in deinem Alter freuen sich, wenn ich ihnen eine Fußballkarriere vorhersage.“

Henry sah auf die Uhr und gab Milla den zappelnden Roy zurück.

„Ich muss los, meine Mutter wartet bestimmt schon auf mich. Wir sehen uns morgen in der Schule.“ Henry stand auf und verabschiedete sich von Milla und ihrem Vater.

„Warte, ich bring dich noch zur Tür“, bot Milla ihm an.

„Nicht nötig, ich finde den Weg schon alleine. Dazu muss man ja kein Hellseher sein.“

Henry holte einen Zettel und einen Bleistiftstummel aus der Tasche und schrieb seine Nummer auf. „Ruf mich an, bis dann!“

„War das eben nötig?“, fragte Milla vorwurfsvoll, während sie Siggi und Roy in den Käfig brachte.

„Was denn?“, fragte Michael.

„Dieser ganze Ich-prophezeie-dir-eine-Karriere-als-Fußballprofi-Mist. Das war peinlich.“

„Ich wollte doch nur etwas Nettes sagen“, verteidigte sich ihr Vater.

„Das war aber nicht nett, Henry glaubt nämlich nicht an so einen Unsinn!“, entgegnete Milla und drängte sich wütend an ihrem Vater vorbei ins Wohnzimmer.

Die Ankündigung

An diesem Abend hatte Millas Vater keinen Besuch, der von ihm ein paar Geheimnisse über seine Zukunft erfahren wollte. Normalerweise schauten sie an solchen freien Abenden im Wohnzimmer gemeinsam Fernsehen oder spielten in der Küche zusammen ein Spiel. Michael hatte Milla gefragt, worauf sie mehr Lust hatte. Aber Milla hatte nur den Kopf geschüttelt und sich nach dem Abendessen in ihrem Zimmer aufs Bett gelegt.

Sie war immer noch sauer auf ihren Vater, weil er sich Henry gegenüber so doof benommen hatte. Sie hatte sogar extra noch eine Nachricht an Henry geschickt, um sich für ihren Vater zu entschuldigen: *Tut mir leid, mein Vater ist manchmal echt superblöd ☹☹☹.*

Auf seine Antwort hatte sie nicht lange warten müssen. *Wieso? Ist doch toll, wenn ich Fußballstar werde, obwohl ich gar nicht kicken kann ☺☺☺.*

Milla hatte die Nachricht zehnmal gelesen, bis sie

sich ganz sicher war, dass Henry Michaels Bemerkung anscheinend wirklich nicht so peinlich gefunden hatte wie sie selbst.

Milla legte das Smartphone zur Seite und schnappte sich ihren Laptop, um mit ihrer Mutter zu skypen. Das hatte sie schon lange nicht mehr getan und jetzt gab es so viel zu erzählen, dass Milla gar nicht wusste, wo sie anfangen sollte.

An dem grün leuchtenden Punkt neben dem Namen ihrer Mutter konnte Milla sehen, dass sie online war. Milla drückte auf das Anrufsymbol und kurz darauf erschien auch schon das Gesicht ihrer Mutter auf dem Bildschirm.

„Hallo, Schatz. Schön, dass du dich meldest! Woher wusstest du, dass ich gerade am Rechner sitze? Kannst du jetzt auch schon hellsehen wie dein Vater?"

„Nein, da ist ein grüner Punkt neben dem Namen. Daran sieht man das", erklärte Milla.

„Echt? Wusste ich gar nicht."

Milla musste lächeln. Ihre Mutter hatte sich noch nie für technische Dinge interessiert.

„Wie weit bist du mit deinem Trick? Hast du rausbekommen, wie Houdini es gemacht hat?"

„Nein, aber ich habe jetzt einen Assistenten, der mir hilft."

„Das ist ja toll, erzähl doch mal!“, forderte ihre Mutter sie auf.

Und das tat Milla dann auch. Sie erzählte von ihrem ersten Fechtkampf gegen Henry, dass sie ihn dann in der Schule wiedergetroffen hatte und wie sie in ihrem nassen Badeanzug mit der Schwimmbrille über den Augen und den Fesseln an den Handgelenken schließlich vor ihm stand.

„Ups!“, rief Millas Mutter und lachte. „Das war dir doch bestimmt peinlich, oder?“

„Und wie! Ich wäre fast gestorben“, sagte Milla. „Aber dann hat er mir geholfen, den Schlüssel zu suchen, und wir haben uns echt gut unterhalten. Bis Papa kam und ihm eine Karriere als Fußballstar prophezeit hat. Das war so peinlich, weil Henry doch gar nicht Fußball spielt!“

„Du kannst jederzeit auch zu mir ziehen“, bot ihre Mutter an.

„Du kannst genauso peinlich sein“, erwiderte Milla. „Alle Eltern sind peinlich, also macht es eigentlich keinen Unterschied, wo du wohnst. Aber wenigstens besuchen könntest du mich mal.“

„Wenn Papa mit seinem besprochenen Wasser genug Geld für ein Ticket verdient hat, komme ich. Versprochen!“

„Was denn für Wasser?", fragte Millas Mutter verwundert.

„Er bittet das Wasser, die Leute zu heilen, die es trinken."

„Ist dein Vater jetzt völlig verrückt geworden?"

„Papa nicht, aber die Idioten, die das kaufen. Sie geben ein Schweinegeld dafür aus."

„Na, immerhin habt ihr das Geld für das Ticket dann ja vielleicht bald zusammen. Wie geht es deinem Vater denn?"

„Gut, aber du kannst ihn auch selber fragen. Warte, ich bring dich zu ihm."

Milla stand auf und trug den Laptop über den Flur in die Küche. Michael saß am Tisch, auf dem ein großer Karton mit Schlüsselanhängern stand. Milla hielt den Laptop so, dass ihre Eltern sich über die Webcam sehen konnten.

„Hallo, Michael", begrüßte Millas Mutter ihren Exmann über den Laptopbildschirm. „Sag mal, was machst du da eigentlich?"

„Oh, hallo, Katharina. Schön, dich zu sehen", erwiderte Michael den Gruß und hielt einen der Anhänger in die Höhe. „Die Schlüsselanhänger schützen vor Handy-Strahlung, bösen Flüchen und vielem mehr. Das Beste aber ist, ich kauf sie für fünfzig Cent das

Stück ein und verkaufe sie für fünfzehn Euro weiter an Leute, die daran glauben."

„Und, wie viele davon hast du schon verkauft?", wollte Millas Mutter wissen.

„Noch keinen, aber das kommt schon noch."

„Du bist und bleibst ein alter Gauner", sagte Millas Mutter, aber es klang gar nicht böse, eher liebevoll, fand Milla.

Sie stellte den Laptop auf den Küchentisch, damit sich ihre Eltern in Ruhe unterhalten konnten. Seit Katharina nach Südafrika gezogen war, vertrugen sich die beiden viel besser als während ihrer Ehe. Damals hatten sie sich ständig gestritten und deswegen hatte es Milla auch nicht so furchtbar schlimm gefunden, als sich ihre Eltern scheiden ließen. Manchmal träumte sie davon, dass die beiden wieder zusammenkamen. Aber wenn sie aufwachte, fand sie das keine so gute Idee mehr. Dann würden bestimmt auch die Streitereien wieder anfangen, glaubte Milla.

Sie schlich sich aus der Küche und ging ins Bad, um sich die Zähne zu putzen. Als sie im Bett lag, checkte sie ihr Telefon noch mal nach neuen Nachrichten. Normalerweise war das nicht nötig, weil Milla nur selten welche bekam. Höchstens mal von ihrer Mutter, aber mit der hatte sie ja gerade erst gesprochen. Diesmal aber war eine Nachricht im Posteingang, und die war von Henry.

Gute Nacht, hatte er geschrieben und eine Datei mit einem Lied seines Vaters angehängt.

Danke. Dir auch, antwortete Milla und spielte den Song ab. Immer wieder und wieder, bis sie einschlief.

Am Morgen hielt Milla auf dem Schulhof Ausschau nach Henry, sie konnte ihn aber weder auf der Tischtennisplatte noch sonst irgendwo entdecken. Sie lief an den quatschenden Schülern vorbei Richtung Hauptgebäude, wo sie in der ersten Stunde Physik hatten.

Nach Mathe war das Millas zweites Lieblingsfach, weil auch hier alles ganz logisch und vernünftig war. Wenn man eine Batterie mit Kabeln an eine Lampe anschloss und dann den Strom einschaltete, fing die Lampe an zu leuchten. Das hatte nichts mit Zauberei zu tun, sondern mit Naturgesetzen, die jeder lernen und verstehen konnte, wenn er nur wollte.

Milla hatte das Gebäude fast erreicht, als sie plötzlich etwas am Kopf traf. Sie griff sich überrascht an die Stirn und spürte dort eine weiche, klebrige Masse. Als Milla sich ihre Hand vor die Augen hielt, erkannte sie, was sie getroffen hatte. Es war eine überreife Erdbeere, deren roter Saft an Millas Händen klebte und ihr über das Gesicht lief.

Einige ihrer Mitschüler zeigten mit den Fingern auf sie und lachten. Am lautesten aber lachte Jacob, der mit seinen Freunden nur ein paar Meter vor ihr stand.

Millas Verstand arbeitete schnell: Wahrscheinlich hatte Jacob gesehen, dass sie sich mit Henry unterhalten hatte, und weil sich Jacob an ihn nicht herantraute, hatte er beschlossen, sich für die Demütigung gestern eben einfach an ihr zu rächen.

„Was soll der Mist?“, brüllte sie ihn an.

„Wieso hast du die Erdbeere eigentlich nicht kommen sehen? Du kannst doch hellsehen wie dein Papa, der Fernsehstar. Da hättest du ihr doch locker ausweichen können!“ Jacob holte eine weitere Erdbeere aus der Plastikschüssel, die er in der linken Hand hielt.

„Klar kann ich hellsehen – und für deine Zukunft sehe ich schwarz“, erwiderte Milla. „Bei deinem IQ reicht es später höchstens für eine Ausbildung zum Stoppschild.“

„Das wirst du büßen!“, drohte Jacob und warf die Erdbeere nach Milla.

Diesmal war sie vorbereitet. Dank ihrer Reflexe, die sie sich beim Zaubern und Fechten antrainiert hatte, war es für Milla ein Leichtes, die heranfliegende Erdbeere mit dem Mund zu fangen.

„Schön süß, im Gegensatz zu dir!“, rief sie Jacob schmatzend zu.

„Jetzt bist du endgültig fällig!“, brüllte Jacob und rannte mit seinen Freunden auf sie zu.

Milla sah sich nach einem Stock um, mit dem sie sich hätte verteidigen können. Aber auf dem Boden war weit und breit keiner zu sehen. Sie wollte sich umdrehen und weglaufen, doch das ging nicht, weil sich um sie, Jacob und seine Begleiter ein enger Ring von Mitschülern geschlossen hatte, die wissen wollten, wie Jacob auf Millas Beleidigungen reagieren würde.

„Sag das noch mal, du Hexe!“ Jacob stand jetzt nur noch eine Armlänge von ihr entfernt und starrte sie wütend an.

„Oh, was haben wir denn hier? Du bist ja ein richtiger Goldesel.“ Milla griff mit ihrer Hand hinter Jacobs Ohr und zauberte dort eine Münze hervor. Für Magier war das eine der einfachsten Übungen. Die Münze hatte Milla immer in der Jackentasche und mit ein bisschen Übung war es ein Leichtes, sie dort hervorzuholen, in der Handfläche zu verstecken und so zu tun, als würde man sie hinter dem Ohr seines Gegenübers hervorzaubern.

Einige der Kinder lachten. Jacob lachte nicht, sondern starrte Milla noch wütender an als zuvor.

„Du bist tot, du bist so was von tot, du weißt es nur noch nicht“, sagte er.

Milla merkte, dass hinter ihrem Rücken etwas passierte. Irgendwer drängte sich durch die Neugierigen zu ihr durch. Milla wagte es aber nicht, sich umzudrehen, weil sie Jacob und seine Freunde nicht aus den Augen lassen wollte.

„Du siehst aus, als wenn du ein bisschen Hilfe gebrauchen könntest.“ Es war Henry, der plötzlich neben ihr stand. Er hatte zwei lange Stöcke in der Hand und reichte ihr einen davon.

Jetzt waren es Jacob und seine Freunde, die fliehen wollten, doch auch ihnen wurde der Weg durch die Menge versperrt. Milla und Henry gingen in Grundstellung und hielten ihre Stöcke auf Jacob gerichtet.

„Du brauchst wohl Hilfe von deinem Schatz, weil du dich allein nicht traust, du Hexe“, sagte Jacob. Das sollte frech klingen, tat es aber nicht, weil seine Stimme vor Angst zitterte.

„Ich brauche keine Hilfe, das werde ich dir beweisen“, erklärte Milla. „Euch allen. Nächste Woche im Schwimmbad, da zeige ich euch einen Trick, den bisher nur Houdini geschafft hat.“

„Wer?“, fragte eine Stimme aus der Menge.

Milla rollte mit den Augen. „Houdini war der größte Entfesselungskünstler aller Zeiten! Er ist in einen Fluss gesprungen, gefesselt und ohne Schlüssel, und dann hat er sich unter Wasser von seinen Handschellen befreit. Kommt alle, dann werdet ihr schon sehen.“

„Was ist denn hier los?“, rief ein Lehrer und trieb die Schüler auseinander. „Ab in eure Klassen! Es hat längst geklingelt.“

Jacob und seine Freunde nutzten die Gelegenheit, um zu verschwinden.

Im Gehen rief Jacob Milla zu: „Da bin ich aber gespannt!“ Dann waren er und seine Freunde auch schon im Schulgebäude verschwunden. Auch die anderen Schüler verteilten sich in ihre Klassen, sodass Milla und Henry alleine auf dem Schulhof zurückblieben.

„Danke“, sagte Milla.

„Keine Ursache“, erwiderte Henry. „Aber wie willst du das denn schaffen?“

„Was schaffen?“, fragte Milla und schlug mit ihrem Stock spielerisch gegen Henrys.

„Na, deinen Trick. Du hast doch noch gar keine Ahnung, wie du die Handschellen loswirst.“ Henry parierte den Schlag und sie begannen, mit ihren Stöcken zu fechten.

„Ich habe ja noch ein paar Tage Zeit und da wird mir schon was einfallen“, sagte Milla. „Aber ich sehe es schon genau vor mir: Wir beide steigen auf den Fünfer, du legst mir die Handschellen an und ich lass mich ins Schwimmbecken fallen. Dann befreie ich mich von meinen Fesseln, bleib noch ein bisschen unter Wasser, um die Spannung zu steigern, und tauche unter dem Jubel der anderen wieder auf.“

„Muss das sein?“, wollte Henry wissen.

„Was?“

„Das mit dem Fünfer.“

„Klar, das ist doch viel dramatischer, als wenn ich vom Beckenrand springe. Warum?“

„Na, weil … weil ich Höhenangst habe“, antwortete Henry. „Letztes Mal beim Schwimmunterricht musste ich wieder vom Einer runterklettern, weil ich mich nicht getraut habe. Alle haben gelacht.“

„Ach was, das schaffst du schon! Ich schaff es ja auch.“ Milla traf Henry mit ihrem Stock an der Schulter. „Und jetzt, jetzt sind wir quitt.“

Auf Sendung

In den nächsten Pausen hielten Milla und Henry Abstand zu Jacob. Aber das fiel ihnen nicht sonderlich schwer, weil auch er und seine Freunde ihnen lieber aus dem Weg zu gehen schienen.

Die beiden hockten nebeneinander auf der Tischtennisplatte und redeten übers Fechten und wie Houdini es wohl geschafft hatte, die Handschellen ohne Schlüssel unter Wasser zu öffnen.

Auch im Unterricht konnte Milla an nichts anderes denken. In Mathematik war das egal. Da konnte sie auch mit reduzierter Aufmerksamkeit punkten, aber in den anderen Fächern kassierte sie eine Ermahnung nach der anderen. Milla war heilfroh, als der Schultag endlich zu Ende war.

„Sehen wir uns heute Nachmittag?“, fragte Milla, als sie mit Henry nach Schulschluss über den Pausenhof auf das Tor zulief.

„Heute kann ich nicht“, sagte Henry und Milla glaubte erfreut, aus seinem Satz einen bedauernden Ton heraushören zu können. „Da muss ich meiner Mutter helfen, Umzugskartons auszupacken. Normalerweise sparen wir uns das, weil wir sowieso ständig umziehen. Meine Mutter ist Grafikerin und verdient nicht viel. Sie hofft ja immer, dass es uns in der nächsten Stadt besser geht. Das mit dem Kartons Auspacken nehme ich mal als gutes Zeichen, dass wir hier ein bisschen länger bleiben.“

„Hoffentlich“, rutschte es Milla raus und am liebsten hätte sie sich dafür die Zunge abgebissen.

„Das hoffe ich auch“, flüsterte Henry.

Milla schaute kurz in sein Gesicht, weil sie dort ein fettes Grinsen befürchtete. Aber stattdessen entdeckte sie auf seinen Lippen ein leises, freundliches Lächeln, das sie selber lächeln ließ.

Henry griff in seine Schultasche und holte eine selbst gebrannte CD heraus. „Hier, die ist für dich. Da ist noch mehr Musik von meinem Vater drauf.“ Henry hielt ihr die silberne Scheibe hin. „Du musst sie nicht hören, nur wenn du magst.“

„Gerne, danke, gerne“, sagte Milla und ärgerte sich gleichzeitig, weil sie so einen Blödsinn redete.

„Henry-Schatz! Hier bin ich!“ Eine Frau, die vor

einem rosafarbenen Kleinwagen stand, winkte ihnen aufgeregt zu. Sie trug einen großen runden Strohhut und ein buntes Kleid mit aufgedruckten Flamingos.

„Das ist Claudia, meine Mutter“, erklärte Henry, ohne das Winken der Frau zu erwidern.

„Dachte ich mir schon.“ Milla musste grinsen, weil sie froh war, dass sie nicht die Einzige mit einem peinlichen Elternteil war.

„Wir sehen uns morgen in der Schule“, sagte Henry und lief auf den Wagen zu.

„Bis morgen!“ Milla hatte genau bemerkt, dass sich Henry schon vor dem Schultor von ihr verabschiedet hatte. Wahrscheinlich wollte er vermeiden, dass sie seine Mutter näher kennenlernte.

Henry versuchte, die Umarmung zu verhindern, mit der ihn seine Mutter begrüßen wollte. Aber das gelang ihm nicht, und als er sich nach einer halben Ewigkeit aus den Armen seiner Mutter herauswinden konnte, stieg er schnell in den Wagen und hielt ihr die Tür auf, damit auch sie endlich von der Straße verschwand. Es guckten nämlich schon alle, auch Jacob und seine Freunde, die feixend am Fahrradständer standen.

Kurz darauf gab Henrys Mutter kräftig Gas und brauste mit quietschenden Reifen um die nächste Kurve.

Nachdem Milla ihre Hausaufgaben gemacht und ihre Kaninchen versorgt hatte, übte sie auf ihrem Bett ein paar der Kartentricks, die sie sich selber beigebracht hatte. Aber so richtig bei der Sache war sie nicht und sie tat es vor allem, um ihre Fingerfertigkeit zu behalten.

Während des Probens hörte sie die Musik, die Henry ihr gegeben hatte. Sie mochte die Stücke seines toten Vaters, obwohl sie ein bisschen altmodisch klangen. Aber auf eine gute Art altmodisch, fand Milla.

Sie war gerade dabei, einen besonders schweren Trick zu üben, als ihr Telefon vibrierte. Vor Schreck ließ sie die Spielkarten fallen und griff nach dem Handy. Es war eine Nachricht von Henry.

Sorry für meine Mutter ☹, hatte er geschrieben.

Keine Sorge, schlimmer als mein Vater kann sie nicht sein.

So schlimm kann dein Vater gar nicht sein, kam sofort die Antwort.

Wetten, dass mein Vater peinlicher ist als deine Mutter?, textete Milla.

Die Wette verlierst du, erwiderte Henry. *Und? Schon eine Idee, wie du die Handschellen loswirst?*

Mit einem Schweißgerät ☺.

Unter Wasser?, fragte Henry.

Hast recht, dann muss ich wohl weiterüben.

Viel Glück, ich muss wieder Kartons auspacken.

Viel Spaß dabei!

Danke, und dir beim Baden ☺.

Milla legte das Handy neben die Spielkarten, die auf ihrem Bett verstreut lagen. Sie lächelte und stellte sich vor, dass Henry das in diesem Augenblick auch tat. Dann stand sie auf und ging ins Bad, um Wasser in die Wanne zu lassen.

Sie würde schon noch rauskriegen, wie Houdini das gemacht hatte, und bis dahin konnte es nicht schaden, wenn sie übte, die Luft unter Wasser noch länger anhalten zu können.

Das Erste, was Milla tat, als sie wieder aus der Wanne gestiegen war und sich abgetrocknet hatte, war, ihr Handy zu checken. Auch wenn sie es niemals zugegeben hätte, wollte sie nachsehen, ob Henry ihr eine neue Nachricht geschickt hatte.

Doch im Posteingang befand sich nur eine Mitteilung von ihrem Vater.

Heute Abend kommt noch Kundschaft, aber nur das kleine Programm. Kannst du das vorbereiten?

Okay, antwortete Milla.

Und kannst du Abendessen machen? Ich muss noch Wasser ausliefern.

Was soll ich denn kochen?, tippte Milla.

Überrasch den Hellseher ☺, erwiderte Michael.

Sehr komisch, schrieb Milla und erhielt als Reaktion nur noch ein weiteres Smiley von ihrem Vater.

Das kleine Programm bedeutete, dass ihr Vater heute Abend keinen Kontakt zu den Geistern irgendwelcher Toten aufnehmen, sondern einer Kundin die Karten legen würde. Dazu brauchte es viel weniger Hokuspokus und das hieß für Milla, dass es auch für sie weniger zu tun gab. Sie musste nur für eine schummrige Beleuchtung sorgen und die Spielkarten bereitlegen, mit denen ihr Vater seiner Besucherin die Zukunft voraussagen würde.

Milla grinste, weil sie überlegte, statt der Karten ein altes Autoquartett auf den Tisch zu legen. Im Prinzip war es egal, welche Karten Michael benutzte. Er dachte sich den ganzen Quatsch ja sowieso nur aus und es wäre schon komisch, aus ihrem Versteck heraus zu beobachten, wie er statt einer Herzdame plötzlich einen Ferrari aufdecken würde.

Milla musste noch breiter grinsen und lief schnell in ihr Zimmer, um das Quartett in der Kiste zu suchen, in der ihre alten Spielsachen gelandet waren.

Früher hatten sie es oft zu dritt gespielt: Milla, ihre Mutter und ihr Vater. Michael hatte meistens verloren, und das war für Milla einer der ersten Beweise dafür gewesen, dass er überhaupt nicht hellsehen konnte, obwohl er dies damals schon behauptet hatte. Wenn ihr Vater gewusst hätte, was für Karten die anderen auf der Hand hielten, hätte er gar nicht verlieren können.

Und wenn er es doch konnte, warum musste er dann arbeiten gehen? Dann hätte er längst im Lotto oder beim Pferderennen Millionen gewinnen können, weil er ja hätte wissen müssen, welche Zahlen gezogen oder welche Jockeys das Rennen gewinnen würden.

Damals hatte sie erstmals an Michaels Fähigkeiten gezweifelt, später hatte ihr Vater es dann ja auch selber zugegeben und sie in die Grundlagen des Cold Reading eingeführt. Da war Milla gerade acht geworden. Mit zehn hatte sie angefangen, Zaubern zu lernen und ihrem Vater Vorwürfe zu machen, weil er die Leute belog. Mit elf hatten sich ihre Eltern scheiden lassen, aber das hatte nichts mit Michaels Wahrsagerei zu tun gehabt, sondern nur mit ihm und Millas Mutter.

Als Milla das Autoquartett endlich gefunden hatte, ging sie zurück ins Wohnzimmer, wo sie die Lampen wieder mit einem Tuch abdeckte, die Kristallkugel wegräumte und an ihrer Stelle das Kartenspiel auf die Tischdecke legte.

Dann setzte sie sich aufs Sofa und schaltete den Fernseher ein. Das Gute an einem Vater mit eigener Fernsehsendung war, dass man ihn auch sehen konnte, wenn er nicht da war. Milla schaltete die Programme durch, bis sie den Kanal gefunden hatte, auf dem *Sternzeichen TV* lief.

Ihr Vater war gerade auf Sendung und erzählte einer Anruferin, dass sie vielleicht nicht morgen, aber schon bald einen neuen Partner finden würde, und auch finanziell sähe es gut aus. Sie bräuchte gar nicht mehr lange zu warten, dann würden sich alle ihre Geldsorgen in Luft auflösen.

Milla gähnte, weil ihr Vater das immer erzählte. War ja auch klar. Schließlich war es genau das, was die meisten Leute hören wollten: Glück in der Liebe und Geld ohne Ende.

Milla nahm ihr Handy und tippte eine Nachricht an Henry. *Schon alle Kartons ausgepackt?*

Kurz darauf kam seine Antwort: *Noch nicht mal die Hälfte, aber wir machen Pause.*

Schalt mal den Fernseher an, da kannst du meinen Vater sehen.

Milla hatte noch nie jemanden auf die Sendung ihres Vaters hingewiesen. Aber irgendwie hatte sie das Gefühl, dass sie vor Henry keine Geheimnisse zu haben brauchte.

Cool. Wo denn?, fragte Henry.

Auf Sternzeichen TV.

Diesmal reagierte Henry nicht sofort. Milla nahm an, dass er ein paar Minuten zuschauen wollte, bevor er sich meldete. Vielleicht musste er auch erst den Sender suchen.

Und?, tippte Milla, weil sie die Spannung nicht mehr aushielt.

Glauben die das wirklich?

Klar.

Krass, obwohl …

Was obwohl?, hakte Milla nach.

Meine Mutter glaubt den Quatsch ja auch.

Du Armer 😉.

Du Arme 😉.

Michael hatte sich in der Zwischenzeit von seinen Zuschauern verabschiedet und im Studio Platz für die nächste Moderatorin gemacht. Auf dem Bildschirm erschien Katja. Für Milla ein Grund mehr, auf einen anderen Sender umzuschalten.

Sie schaute sich eine Tiersendung an, blickte zwischendurch aber immer wieder auf ihr Handy. Doch weder ihr Vater noch Henry meldeten sich, während im Fernsehen eine Herde mit tausend Gnus einen reißenden Fluss irgendwo in Afrika überquerte.

Eine neue Kundin

Für das Abendessen hatte Milla eine Dose Linsensuppe in einen Topf geleert und ein paar Frankfurter Würstchen in kleine Scheiben geschnitten. Die wollte sie aber erst in die Suppe geben, wenn ihr Vater da war, damit die Würstchen nicht zu weich wurden.

Seit ihre Mutter nach Afrika gezogen war, übernahm Milla öfters das Kochen, wenn ihr Vater noch im Sender zu tun hatte. Meistens gab es dann Linsensuppe, so wie heute, weil man dabei nicht viel falsch machen konnte.

Milla stand neben dem Herd und las in ihrem Buch über Houdini, während im Hintergrund die Musik von Henrys Vater lief. Sie hoffte immer noch, darin irgendeinen Hinweis zu finden, wie es Houdini gelungen war, sich unter Wasser von den Fesseln zu befreien.

„Das duftet ja köstlich." Michael war nach Hause gekommen und stellte einen leeren Wasserkasten im Flur ab. „Linsensuppe, stimmt's?"

„Woher weißt du das?“, rief Milla aus der Küche.

„Erstens bin ich Hellseher, schon vergessen? Zweitens kochst du das immer. Und drittens kann ich das riechen.“ Er kam in die Küche und gab ihr zur Begrüßung einen Kuss. „Ehrlich gesagt, riecht es ein bisschen verbrannt. Ein bisschen sehr sogar.“

Jetzt roch Milla es auch. Sie war so in ihr Buch vertieft gewesen, dass sie das Umrühren vergessen hatte.

„Verdammt!“, fluchte Milla.

„Macht nichts, wir haben ja immer noch die Einlage.“ Michael nahm sich eine der geschnittenen Wurstscheiben und steckte sie in den Mund. „Lass uns Pizza bestellen. Ich habe heute ein paar Flaschen von dem Wasser verkauft, da können wir uns das leisten. Margherita oder Thunfisch? Nein, lass mich kurz meine Glaskugel befragen: Du nimmst Thunfisch.“

„Das nehme ich immer“, erwiderte Milla genervt.

„Dann habe ich also recht“, freute sich Michael. „Bin ich nicht ein großer Hellseher? Ja, das bin ich. Was läuft da eigentlich für Musik?“

„Die ist vom Vater eines Jungen in der Schule.“

„*Eines* oder *dem* Jungen?“

„Ruf endlich den Pizzaboten an, ich habe Hunger!“

„Wenn der nur halb so talentiert ist wie sein Vater, solltest du ihn festhalten. Die Musik ist klasse!“

Milla tat so, als würde sie ihr Buch nach Michael werfen wollen. Aber der lachte nur und verschwand in den Flur, um dort in Ruhe die Pizzas zu bestellen, während Milla die verbrannte Linsensuppe in den Mülleimer schüttete.

„So, das wäre erledigt. In einer Viertelstunde gibt es was zu essen", sagte Michael, als er zurückkam.

Er setzte sich an den Tisch und sah die Post durch, die gekommen war.

„Ich weiß gar nicht, warum du die Briefe überhaupt öffnest. Als Hellseher müsstest du doch schon vorher wissen, was drinsteht", stichelte Milla.

„Sehr witzig", erwiderte ihr Vater abgelenkt. Vor ihm auf dem Tisch lag eine Rechnung, die er intensiv studierte. „Das darf doch nicht wahr sein!"

„Was ist denn los?", fragte Milla.

„Das ist die Wasserrechnung", erklärte Michael. „Aber das muss ein Irrtum sein. Die ist unverschämt hoch, so als wenn bei uns täglich jemand baden würde."

„Echt?", sagte Milla und bemühte sich dabei, möglichst unschuldig zu klingen.

„Das ist fünfmal so viel wie sonst. Da muss ich noch eine ganze Menge Flaschen verkaufen, um die Rechnung bezahlen zu können. Du weißt nicht zufällig, warum die so hoch ausfällt?"

„Keine Ahnung“, behauptete Milla, obwohl sie genau wusste, dass der Grund für die hohe Rechnung nur ihr tägliches Tauchtraining in der Badewanne sein konnte.

„Sicher?“, hakte ihr Vater nach.

Ein Klingeln erlöste Milla davon, weiterschwindeln zu müssen.

„Das ist der Pizzabote!“, sagte Michael. „Das ging aber schnell!“

Milla lief zur Tür, doch im Hausflur stand nicht der Pizzabote, sondern Henrys Mutter. Milla erkannte Claudia sofort an dem bunten Kleid mit den Flamingos, das sie schon am Nachmittag getragen hatte.

„Hallo! Ich bin etwas zu früh“, erklärte sie. „Ich hoffe, das ist nicht schlimm.“

Milla starrte Claudia mit großen Augen an, unfähig, auch nur ein Wort zu sagen.

Was wollte sie hier?

Arbeitete sie als Pizzabotin?

Wo aber hatte sie dann die Pizzas versteckt?

Oder war sie vielleicht gekommen, um Milla den Umgang mit ihrem Sohn zu verbieten?

Doch Milla konnte in Claudias Gesicht kein Zeichen des Wiedererkennens entdecken. Ganz offensichtlich wollte Henrys Mutter gar nicht zu ihr, sondern zu Michael. Erst jetzt begriff Milla, dass Claudia die Kundin ihres Vaters war.

„Oh, Sie sind schon da! Kein Problem, kommen Sie mit ins Wohnzimmer. Es ist alles vorbereitet." Michael war aus der Küche in den Flur getreten und bat Henrys Mutter herein. „Außerdem wusste ich, dass Sie früher kommen würden."

„Du hast gesagt, es wäre der Pizzabote, der geklingelt hat", bemerkte Milla spöttisch.

„Hat er ja auch", erwiderte Michael und zeigte auf die Treppe, auf der ein Mann mit zwei Pizzaschachteln in der Hand die Stufen hinaufstieg. Michael griff in die Jackentasche, holte einen zerknitterten Zwanzigeuroschein heraus und reichte ihn seiner Tochter. „Sei so gut und bezahl den jungen Herrn, Milla. Wir fangen dann schon mal mit der Sitzung an."

Millas Vater drehte sich um und ging mit Claudia ins Wohnzimmer.

Milla blickte ihm wütend nach. Dass der Pizzabote genau in dem Augenblick die Treppe heraufkam, war reines Glück gewesen. Aber jetzt sah es für Claudia natürlich so aus, als hätte ihr Vater tatsächlich hellseherische Fähigkeiten.

Milla konnte sich selbst nicht erklären, warum sie das störte. Es hatte mit Henry zu tun, vermutete sie.

Sie wollte einfach nicht, dass ihr Vater Claudia genauso über ihre Zukunft beschwindelte, wie er es mit den anderen Frauen tat, die sich von ihm die Karten legen ließen. Und sie wusste ja auch, dass Henrys Mutter nicht viel Geld besaß und es sich eigentlich gar nicht leisten konnte, Michael für seine erfundenen Vorhersagen zu bezahlen.

Milla gab dem Pizzaboten das Geld und brachte die Kartons schnell in die Küche. Dann rannte sie zu ihrem Zimmer und öffnete die Tür zum Wohnzimmer, um zu hören, was Michael Henrys Mutter erzählte.

Durch den Türspalt konnte sie die beiden beobachten. Ihr Vater und Claudia saßen sich an dem Tisch, auf dem die Karten lagen, gegenüber und redeten. Milla kannte das schon. Ihr Vater nutzte die scheinbar zwanglosen Plaudereien, um vor dem Kartenlegen möglichst unauffällig viele Informationen über seine Kundinnen zu erhalten.

Ohne den Tisch aus dem Blick zu lassen, holte Milla ihr Handy aus der Hosentasche und schrieb eine Nachricht an Henry.

Deine Mutter ist hier.

Bei dir?, kam die prompte Antwort.

Nein, bei meinem Vater.

Warum?

Rate mal, textete Milla.

Henry schickte nur ein ☹. Aber das reichte Milla. Sie wusste jetzt, dass auch Henry wusste, warum seine Mutter zu Besuch gekommen war.

Milla legte das Handy zur Seite, weil sie nicht verpassen wollte, was im Wohnzimmer passierte.

Ihr Vater hatte das Vorgespräch beendet, die Kerzen angezündet und das Licht ein wenig heruntergedimmt. Beim kleinen Programm, wenn es nur ums Kartenlegen ging, machte ihr Vater das selbst.

Für einen Moment befürchtete Milla, dass Michael die Anlage mit den Songs von Henrys Vaters einschalten würde. Aber er verzichtete auf die Musikbegleitung und griff zu dem Kartenstapel, der auf dem Tisch lag.

„Dann wollen wir mal sehen, was das Schicksal für Sie vorgesehen hat“, sagte er und drehte die erste Karte um.

Es war ein Ferrari.

Milla konnte die Überraschung in Michaels Gesicht sehen, als er den roten Wagen auf der Tischdecke entdeckte.

„Oh, ein Ferrari“, sagte Claudia, die ebenfalls erstaunt, aber auch ein kleines bisschen amüsiert klang. „Ich hatte eher auf einen Herzkönig gehofft. Legen Sie die Karten immer mit einem Autoquartett?“

„Das ist meine Spezialität", erklärte Michael, der sich schnell wieder gefangen hatte. „Die Autos sind ja nur eine Art Symbol. Der Ferrari zum Beispiel steht für einen überraschenden, kurz bevorstehenden Geldsegen."

„Den könnte ich gut gebrauchen. Was sagen die Karten denn sonst noch?"

Milla ignorierte das Vibrieren ihres Handys, das neue Nachrichten von Henry ankündigte. Sie wollte auf keinen Fall verpassen, was ihr Vater Claudia als Nächstes voraussagen würde. Michael deckte eine weitere Karte auf. Es war ein extralanger amerikanischer Straßenkreuzer.

„Sehr interessant", erklärte Millas Vater und machte eine dramatische Pause, in der er so tat, als würde er die Karte vor sich genau betrachten.

„Was ist denn so interessant?", fragte Claudia neugierig.

„Ihre Zukunft liegt in Amerika", behauptete Michael. „Die Karte ist da völlig eindeutig. Ich sehe einen neuen, gut bezahlten Job, der dort auf Sie wartet."

Milla hätte beinahe laut aufgeschrien. Wenn Henrys Mutter den falschen Prophezeiungen ihres Vaters wirklich glaubte, könnte das bedeuten, dass sie mit Henry nach Amerika ziehen würde. Und das war das Letzte, was Milla wollte.

„Möchten Sie auch noch etwas über die Liebe wissen?“, erkundigte sich Michael.

„Natürlich, da könnte ich gute Nachrichten nämlich auch gut gebrauchen“, sagte Claudia.

„Gerne, aber dazu muss ich andere Karten holen. Das geht mit den Autos nicht so zuverlässig, dazu braucht man schon den Herzkönig und die Herzdame.“ Michael stand auf und ging zu dem Schrank, um die Spielkarten zu holen. Dabei schaute er zu Millas Tür herüber, so als wüsste er genau, dass sie dahinter hockte und lauschte.

Milla nutzte die kurze Unterbrechung und tippte eine Nachricht für Henry in ihr Telefon.

Er hat ihr gesagt, dass sie bald Geld und einen neuen Job bekommt.

Ist doch gut ☺, antwortete Henry.

Schon, aber der Job soll in Amerika sein.

☹

Milla steckte das Handy weg, weil ihr Vater an den Tisch zurückgekehrt war. Er mischte die Karten und legte sie aufgedeckt vor sich hin. Dann betrachtete er sie lange, so wie er es schon bei der Karte mit dem amerikanischen Straßenkreuzer getan hatte. Milla wusste, dass ihr Vater in seinem Kopf langsam bis fünfzig zählte, während er so tat, als würde er intensiv über die Bedeutung der Karten vor sich nachdenken.

„Und? Was sagen die Karten?“, fragte Claudia ungeduldig.

„Sie sagen mir, dass Sie schon bald Ihre große Liebe treffen. Einen Ritter in einer strahlenden Rüstung auf einem weißen Pferd.“ Michael hatte die Augen von den Karten erhoben und schaute Claudia an. „Den würde ich mir nicht entgehen lassen.“

„Danke“, hauchte Claudia und wurde rot. „Was bin ich Ihnen schuldig?“

„Eigentlich nehme ich für meine Beratungen ja kein Geld“, erklärte Michael. „Aber die meisten geben mir trotzdem hundertfünfzig Euro für meine Zeit und meine Mühe, es reichen aber auch hundert.“

Auch den Spruch kannte Milla schon, dabei war er von vorne bis hinten erlogen. Ihr Vater nahm immer Geld, auch wenn er seinen Kunden das Gefühl gab, sie müssten es ihm regelrecht aufdrängen.

Henrys Mutter kramte in ihrer Tasche nach zwei Fünfzigeuroscheinen und Milla sah auf ihr Handy.

Und? Was erzählt er ihr sonst noch?, hatte Henry geschrieben.

Dass du bald einen Stiefvater kriegst. Einen echten Ritter.

Es dauerte, bis sie eine Antwort erhielt, und auch dann war es nur ein einziges Zeichen: 😝.

Streit im Haus

„Sag mal, spinnst du jetzt völlig?" Michael hatte Henrys Mutter zur Tür gebracht und stürmte wütend in Millas Zimmer. „Wieso legst du mir so ein doofes Quartettspiel auf den Tisch?"

„Weil es doof ist, was du machst!", schrie Milla trotzig.

„Das ist ja wohl meine Sache", entgegnete ihr Vater. „Die Frau brauchte dringend ein bisschen Aufmunterung."

„Woher willst du das denn wissen?"

„Wer eine halbe Stunde zu früh zu einem Termin beim Wahrsager kommt, hat gute Nachrichten verdammt nötig."

„Aber sie kann sich dein Theater gar nicht leisten", erwiderte Milla.

„Und woher willst du das wissen?"

„Weil ich ihren Sohn kenne", antwortete Milla. „Und du übrigens auch. Das war der Junge, der mich neulich besucht hat."

„Warum sagst du mir das erst jetzt?! Da hättest du mir doch vorher alles über die Frau erzählen können. Dann hätte ich noch besser gewusst, was sie gerne hören will.“

„Du bist so blöd!“, schimpfte Milla und schob Michael aus ihrem Zimmer. Dann knallte sie hinter ihm die Tür zu und warf sich auf das Bett.

Es dauerte nicht lange, bis eine Nachricht von Henry eintraf.

Meine Mutter ist total happy. Sie glaubt den Quatsch mit dem Ritter und Amerika. Wie kann dein Vater ihr bloß so einen Schwachsinn erzählen?

Tut mir leid, antwortete Milla.

Ich will nicht nach Amerika.

Ist doch sowieso alles gelogen.

Nicht für meine Mutter.

Sorry ☹.

Milla wartete noch eine Weile, aber es kam keine Antwort mehr von Henry. Sie griff nach ihrem Buch über Houdini, konnte sich jedoch nicht auf den Text konzentrieren. Irgendwann legte sie es zur Seite und versuchte zu schlafen. Aber auch das klappte nicht, weil sie immer daran denken musste, dass Henry vielleicht mit seiner Mutter nach Amerika ging. Und das wollte sie genauso wenig wie er.

Milla schnappte sich ihren Laptop und skypte ihre Mutter an. Es dauerte einen Moment, bis sich Katharina meldete. Sie hatte schon geschlafen, doch das bemerkte Milla gar nicht, weil sie ihrer Mutter so viel zu erzählen hatte: von Henry, dessen Mutter und Michael und was für einen Blödsinn er Claudia erzählt hatte.

Nach dem Gespräch mit ihrer Mutter ging es Milla besser und sie konnte endlich, endlich schlafen.

Als Milla am nächsten Morgen in die Küche kam, war ihr Vater bereits unterwegs. Auf dem Küchentisch lag ein Zettel von ihm.

> Bin schon im Sender,
> habe heute Frühschicht.
> Wir sehen uns.
>
> Habe dich lieb.
> Papa

Das Blatt lag neben den Pizzakartons, die der Bote gestern Abend gebracht hatte. Milla hob die Deckel hoch. Auch ihr Vater hatte nach ihrem Streit scheinbar keinen Hunger mehr gehabt. Die beiden Pizzas lagen unangerührt in den Kartons.

Milla nahm sich ein Messer, schnitt sich ein Stück von der Thunfischpizza ab und stopfte es sich kalt in den Mund. Sie spürte, wie hungrig sie war, weil sie so lange nichts gegessen hatte. Sie schnitt noch zwei weitere Stücke ab und steckte sie in ihre Brotdose, dann musste sie auch schon los, um pünktlich zur Schule zu kommen.

Milla traf Henry in der ersten Pause. Er hockte mit einem Buch auf der Tischtennisplatte und sah immer noch sauer aus. Milla setzte sich neben ihn. Henry blickte sie nicht an, sondern starrte zu Jacob und seinen Freunden hinüber, die am Zaun standen und über irgendetwas lachten.

„Das ist doch nicht meine Schuld“, sagte Milla. „Mein Vater hat deiner Mutter den Quatsch erzählt, nicht ich!“

„Ich weiß“, murmelte Henry.

„Gestern Abend haben wir uns deswegen noch total gestritten“, erzählte Milla. „Aber mach dir keine Sorgen, das hat mein Vater sich doch alles nur ausgedacht.“

„Weißt du, was eine *self fulfilling prophecy* ist?“, fragte Henry, ohne Milla anzusehen.

„Keine Ahnung", gab Milla zu. „Das ist Englisch, oder?"

„Ja, übersetzt heißt das *selbst erfüllende Prophezeiung.* Wenn ich jemandem sage, dass er sich bald verlieben wird, dann ist die Wahrscheinlichkeit hoch, dass er das auch tut."

„Wieso?", fragte Milla.

„Weil er den Leuten ganz anders begegnet, viel offener als vorher. Weil er denkt, dass er sich verlieben wird, schaut er natürlich genau, wer das denn sein könnte. Und dann passiert es plötzlich tatsächlich. Das hat überhaupt nichts mit Hellseherei zu tun, aber die Vorhersage verändert den Menschen, der sie bekommen hat."

„Kann schon sein", erwiderte Milla.

„Das kann nicht nur sein, das ist so. Seit gestern Abend hockt meine Mutter vor dem Computer und informiert sich, wie man eine Arbeitserlaubnis in Amerika bekommt. Nur weil dein Vater sich das ausgedacht hat. Und jetzt kann es sein, dass sie wirklich nach Amerika ziehen will, und das finde ich zum Kotzen."

„Vielleicht können wir meinen Vater überreden, eine zweite Sitzung mit ihr zu machen", schlug Milla vor. „Und in der sagt er ihr, dass sich ihr Schicksal geändert hat und dass ihre Zukunft doch hier liegt und nicht in Amerika."

„Eine zweite Sitzung kann sich meine Mutter nicht leisten, die erste war schon viel zu teuer für sie."

„Die zweite wäre natürlich umsonst", erklärte Milla. „Wir gehen einfach im Sender vorbei und reden mit ihm."

Henry zuckte mit den Schultern, als würde ihn der Vorschlag nicht so richtig überzeugen.

„Das klappt schon", bekräftigte Milla.

„Na, hoffentlich", brummte Henry.

Jacob und seine Freunde hatten ihren Platz am Zaun verlassen und schlenderten zu der Tischtennisplatte herüber. Henry sah sich nach einem Stock um, aber Milla legte ihm beruhigend eine Hand auf den Arm. Sie glaubte nicht, dass Jacob es noch einmal riskieren würde, von Henry und ihr lächerlich gemacht zu werden. Er war auf Streit aus, keine Frage, aber nicht unbedingt auf einen neuen Kampf, in dem er gegen die beiden Fechter nur verlieren konnte.

„Wann springst du denn eigentlich?", fragte Jacob, als er die Tischtennisplatte erreicht hatte. „Ich kann es gar nicht erwarten, dich absaufen zu sehen. Aber vielleicht springt dein *boyfriend* ja hinterher und rettet dich."

„Ich bin nicht ihr *boyfriend*, wir sind nur befreundet", entgegnete Henry, und obwohl sie tatsächlich nur gute Freunde waren, versetzte dieser Satz Milla einen Stich.

„Ist mir doch egal, was ihr beiden seid“, sagte Jacob. „Ich freue mich schon auf euren Badetag, falls der nicht ins Wasser fällt, weil ihr die Klappe ein bisschen zu weit aufgerissen habt.“

Jacob lachte und seine Freunde stimmten mit ein, während sie auf den Schulkiosk zusteuerten.

„Und wann gehen wir zu deinem Vater?“, fragte Henry, als Jacob außer Hörweite war.

„Heute, direkt nach der Schule“, schlug Milla vor. „Einverstanden?“

„Einverstanden“, entgegnete Henry und lächelte. Das erste Mal an diesem Tag.

Milla und Henry saßen nebeneinander auf dem Flur und starrten die rote *Bitte-Ruhe*-Leuchte an, die über der Tür zum Studio hing.

Milla spürte, wie unwohl sich Henry in der ungewohnten Umgebung des Senders fühlte. Immer wieder wischte er sich die verschwitzten Hände an seiner Jeans ab. Milla tat so, als würde sie das nicht merken, und richtete ihren Blick nun auf den Monitor. Michael war auf Sendung und hatte wieder seine bunten Steine ausgepackt.

„Was macht er da?“, fragte Henry, als Millas Vater die Steine auf den Tisch fallen ließ.

„Er lügt“, sagte Milla, und erst, als sie Henrys überraschtes Gesicht sah, fügte sie hinzu: „Er behauptet, er könnte aus der Lage der Steine erkennen, wie die Zukunft der Anruferin aussieht.“

„Das ist doch totaler Blödsinn.“

„Das weißt du, das weiß ich, das weiß mein Vater. Nur die Frau, die ein Schweinegeld ausgibt, um hier anzurufen, die weiß das nicht. Oder sie will es einfach nicht wissen, weil mein Vater ihr ja nie sagen würde: *Oh, Sie Ärmste! Die Steine verraten mir, dass Ihr Mann Sie schon bald verlassen wird. Und Ihre Schulden, die werden Sie auch nie wieder los.* Mein Vater sagt ja immer nur gute Sachen voraus, eben genau das, was die Leute hören wollen.“

„So wie bei meiner Mutter“, bemerkte Henry.

„Genau.“

Auf dem Bildschirm hatte Michael die Steine wieder eingesammelt und sich von seinen Zuschauern verabschiedet. Katja übernahm seinen Stuhl hinter dem Tisch, um nach einer Werbepause mit ihrer Sendung anfangen zu können.

Der Blick, den die beiden wechselten, als sie die Plätze tauschten, gefiel Milla überhaupt nicht. Aber sie hatte keine Zeit, weiter darüber nachzudenken, weil die Tür unter dem roten Licht aufging und Michael in den Flur trat. Überrascht sah er erst Milla und dann Henry an.

„Oh, was für eine schöne Überraschung!“, begrüßte er sie. „Sagt nichts, lasst mich raten.“ Michael tat so, als würde er sich für ein paar Sekunden stark konzentrieren. „Ihr seid gekommen, weil der junge Herr hier um die Hand meiner Tochter Milla anhalten möchte.“

„Papa!“, zischte Milla und sah ihren Vater böse an, während Henry knallrot wurde.

„War doch nur Spaß“, versuchte Michael Milla zu beruhigen. „Warum seid ihr wirklich hier?“

„Wegen dem Blödsinn, den du seiner Mutter gestern Abend erzählt hast“, erklärte Milla.

„Meine Mutter redet nur noch von Amerika“, ergänzte Henry.

„Ist doch schön dort“, erwiderte Michael.

„Ich will aber nicht nach Amerika. Ich will hierbleiben“, sagte Henry traurig.

„Und was soll ich da jetzt tun?“, fragte Millas Vater.

„Du musst eine zweite Sitzung mit ihr machen“, verlangte Milla. „Und in der sagst du ihr, dass sie ihr Glück hier findet und nicht in Amerika.“

„Wie stellt ihr euch das vor? Ich kann doch nicht

sagen, dass das Schicksal plötzlich seine Meinung geändert hat. Wie sieht das denn aus?!“

„Bitte!“, flehte Milla.

„Das geht nicht, das musst du doch verstehen“, entgegnete Michael. „Mein Ruf als Wahrsager steht auf dem Spiel, wenn ich mal das eine und kurz darauf das Gegenteil behaupte.“

„Ist doch sowieso alles gelogen!“, beharrte Milla.

„Wenn sich das rumspricht, kommt überhaupt niemand mehr zu mir und den Besuch bei deiner Mutter kannst du dann auch vergessen“, erklärte Michael. „Dann sind wir nämlich pleite!“

Milla funkelte ihren Vater wütend an, dann packte sie Henry am Ärmel und zog ihn in Richtung Ausgang.

„Wo wollt ihr denn hin?“, rief Michael ihnen nach.

„Zum Fechttraining“, antwortete Milla, ohne sich zu ihrem Vater umzudrehen. „Wir sind sowieso schon spät dran.“

Beim Mexikaner

In der Sporthalle kämpfte Milla mit ihrem Florett, als ginge es um Leben und Tod. Ihre Gegnerinnen und Gegner hatten nicht den Hauch einer Chance, auch nur einen einzigen Treffer zu landen. Sobald der Obmann das Zeichen zum Anfangen gab, stürzte sich Milla auf ihr Gegenüber und machte einen Punkt nach dem anderen, bis sie alle ihre Gefechte mit sieben zu null gewonnen hatte.

Als Milla ihren Helm abnahm, waren ihre Haare nassgeschwitzt. Sie hatte sich völlig verausgabt und wischte sich mit ihrem Fechthandschuh den Schweiß von der Stirn, während sie sich nach Henry umsah.

Mit der roten Spinne auf dem Visier war er unter den weiß gekleideten Fechtern leicht zu erkennen. Er kämpfte am anderen Ende der Halle und setzte gerade den letzten Treffer, den er für den Sieg in seinem Gefecht benötigte. Im Gegensatz zu Milla, die wütend auf ihre Gegner eingestürmt war, kämpfte Henry ruhig und hochkonzentriert.

Als Milla ihn erreichte, hatte Henry bereits den Helm abgenommen und gab seinem Gegner die Hand, um sich für das Gefecht zu bedanken.

„Warum hast du heute eigentlich nicht gegen mich gekämpft?“, wollte Milla wissen.

„Weil ich nicht lebensmüde bin“, erwiderte Henry. „Die anderen mussten schon genug darunter leiden, dass du sauer auf deinen Vater bist. Hast du dich jetzt wieder beruhigt?“

„Hab ich“, antwortete Milla. „Hat gut getan, sich ein bisschen auszupowern. Jetzt müssen wir nur noch eine Lösung für unser Problem finden.“

„Für den Houdini-Trick?“, fragte Henry.

„Das auch, aber eigentlich dachte ich dabei eher an deine Mutter und ihren Aberglauben“, erklärte Milla. „Wir müssen uns was einfallen lassen, damit sie …“

Milla wurde von einem lauten „Hallihallo!“ unterbrochen. Henrys Mutter stand am Halleneingang und winkte aufgeregt. Sie trug wieder ein Kleid, doch diesmal waren auf dem Stoff keine Flamingos, sondern Sonnenblumen aufgedruckt. Das bemerkte Milla, als Claudia auf ihren hochhackigen Schuhen quer durch die Halle auf sie zugelaufen kam.

„Sie können mit den Schuhen hier doch nicht einfach so reinspazieren!“, rief einer der Trainer Henrys Mutter zu.

„Stellen Sie sich mal nicht so an. Ich will nur schnell meinem Sohn und seiner bezaubernden Freundin was erzählen“, sagte Claudia. „Dauert nur eine Sekunde.“

Henry wurde knallrot. Wegen des Auftritts seiner Mutter und weil sie Milla seine *bezaubernde Freundin* genannt hatte. Damit Milla es nicht sah, setzte er seinen Helm wieder auf. Auch um seiner Mutter zu zeigen, was er von ihrem schrillen Auftritt in der Halle hielt: nichts, aber auch rein gar nichts.

„Ihr glaubt nicht, was mir heute Nachmittag passiert ist“, erzählte Henrys Mutter aufgeregt. „Ich gehe nichts ahnend die Straße lang und da liegt plötzlich ein Fünfzigeuroschein mitten auf dem Bürgersteig. Ich habe mich noch umgeschaut, aber es war weit und breit niemand zu sehen, der das Geld verloren haben könnte.“

„Schön für dich“, brummte Henry unter seinem Helm.

„Verstehst du denn nicht, was das bedeutet?“, fragte seine Mutter.

„Dass du den Schein zum Fundbüro bringen musst“, antwortete Henry.

„Brauch ich nicht, der lag da für mich. Die erste

Voraussage von gestern Abend ist damit nämlich heute schon eingetroffen. Ein überraschender Geldsegen." Henrys Mutter wandte sich an Milla. „Dein Vater ist wirklich ein begnadeter Hellseher."

„Aber das könnte doch auch nur ein dummer Zufall sein", bemerkte Milla.

„Gestern sagt er es mir voraus und heute finde ich fünfzig Euro auf der Straße", erwiderte Claudia. „Das kann kein Zufall sein! Das ist Schicksal. Jetzt fehlen nur noch der Ritter auf dem weißen Pferd und mein neuer Job in Amerika."

Milla konnte Henry seufzen hören.

„Wisst ihr was, Kinder? Die fünfzig Euro hauen wir jetzt auf den Kopf und gehen alle zusammen lecker essen", verkündete Henrys Mutter. „Aber nur, wenn du diesen albernen Helm abnimmst."

„Nein", sagte Henry.

„Ganz wie du willst, aber beschwer dich nicht, wenn du darunter hungrig bleibst. Außerdem kann ich mich so besser mit deiner Freundin unterhalten, ohne dass ich sehen muss, wie du dabei mit den Augen rollst. Zieht euch schnell um, wir treffen uns vor der Halle. Hier in der Nähe ist ein sehr guter Mexikaner. Besser, wir gewöhnen uns schon mal an das Essen in Amerika. Bis gleich."

Henrys Mutter drehte sich um und lief mit ihren hochhackigen Schuhen zurück zum Ausgang. Auf halbem Weg drehte sie sich noch mal zu dem Fechttrainer um, winkte und rief ihm zu: „Nur eine Sekunde, genau wie ich gesagt hab."

„Ist deine Mutter immer so?", wollte Milla wissen, als Claudia die Halle verlassen hatte.

Henry nickte. „Immer."

„Und was machen wir jetzt?"

„Mit ihr Tacos essen, was sonst", antwortete Henry. „Vielleicht können wir sie dabei wieder zur Vernunft bringen."

„Aber bestimmt nicht, wenn du den Helm aufbehältst", sagte Milla. „Also nimm das Ding endlich ab. Wir treffen uns draußen."

Als Milla aus der Mädchenumkleide kam, stand Henry schon neben seiner Mutter. Er hatte seine Fechtsachen ausgezogen, trug aber immer noch den Helm auf dem Kopf. Seine Mutter schien das überhaupt nicht zu stören. Fröhlich winkte sie Milla zu sich.

„Beachte ihn gar nicht", erklärte Claudia. „Spätestens, wenn die Tacos auf dem Tisch stehen, wird er ihn schon abnehmen. Und jetzt lasst uns gehen, ich habe Hunger."

„Was soll der Quatsch mit dem Helm?“, flüsterte Milla Henry zu. „Das ist peinlich.“

„Wenn hier einer peinlich ist, dann ist das meine Mutter“, brummte Henry.

Das mexikanische Restaurant lag gleich um die Ecke, genau wie Claudia gesagt hatte. Den ganzen Weg über erzählte Henrys Mutter von dem neuen Leben, das ihr und ihrem Sohn bevorstand. Von Amerika und der großen Liebe, die auf sie wartete. Claudia redete ohne Unterbrechung und schwärmte dabei immer wieder von Millas Vater und seinen hellseherischen Fähigkeiten. Auch noch, als sie längst im Restaurant saßen und auf ihr Essen warteten.

„Als ich das Autoquartett gesehen habe, dachte ich ja für einen Moment, dein Vater will mich verarschen. Aber seit ich das Geld gefunden habe, weiß ich, dass er recht hatte. Es gibt so wenige Menschen, die eine solch seltene Gabe besitzen“, sagte Claudia. „Dein Vater ist fast so eine Art Heiliger.“

Milla musste unwillkürlich husten, weil sie im Gegensatz zu Henrys Mutter wusste, dass ihr Vater alles andere als ein Heiliger war. Eher das Gegenteil. Ein Betrüger und Hochstapler war er, aber das konnte sie Claudia ja schlecht sagen.

Henrys Mutter warf vor Begeisterung die Hände in die Luft und entblößte dabei ein Armband, an dem ein silberner Anhänger hing: eine kleine amerikanische Fahne.

„Und dann soll meine Zukunft ausgerechnet in Amerika liegen, ich bin wirklich ein Glückskind", jubelte Claudia. „Amerika ist mein Traumland, schon immer gewesen."

Milla konnte sich ein Grinsen kaum verkneifen, weil sie jetzt wusste, warum Michael Henrys Mutter eine Zukunft auf der anderen Seite des Atlantiks vorgeschwindelt hatte. Er musste das Armband mit dem Anhänger auch gesehen haben. Da war es für ihn nicht schwer zu erraten, dass seine Kundin eine Vorliebe für Amerika hatte und sich bestimmt freuen würde, wenn er ihr dort eine rosige Zukunft versprach.

Henry brummte missmutig unter seinem Helm, während seine Mutter redete und redete und redete. Milla gab es nur ungern zu, aber sie mochte Claudia. Obwohl Henrys Mutter fest an die falschen Prophezeiungen ihres Vaters glaubte, gefiel Milla, wie sich Claudia freuen konnte. Auch dass sie sich überhaupt nicht um die anderen Gäste scherte, die sie anstarrten, weil Henry mit der Fechtmaske am Tisch saß. Die nahm er erst ab, als das Essen kam.

„Hallo, mein Sohn, schön dich zu sehen", sagte Claudia und lächelte Henry an. Milla musste lachen, wofür sie von Henry einen wütenden Blick kassierte.

„Und wenn es doch nur Zufall war?", fragte Milla vorsichtig.

„Was?", fragte Claudia verständnislos zurück.

„Das mit dem Geld. Wenn das gar nichts mit den Vorhersagen meines Vaters gestern Abend zu tun hat", erklärte Milla.

„Könnte doch sein", mischte sich nun auch Henry ein. „Dann wäre das mit Amerika noch gar nicht so sicher."

Seine Mutter lachte. Sie konnte gar nicht mehr aufhören, bis der Kellner zu ihrem Tisch kam und sie bat, etwas ruhiger zu sein und die anderen Gäste nicht zu stören.

„Kinder, solche merkwürdigen Zufälle gibt es nicht", behauptete Claudia, als sie sich wieder beruhigt hatte. „Das ist alles vorherbestimmt und steht irgendwo geschrieben. Im großen Buch des Schicksals. Und dein Vater hat die seltene Gabe, da hineinblättern zu können."

„Und wenn doch nicht?", bemerkte Henry.

„Jetzt sei doch nicht immer so negativ!", rief Claudia. „Als Nächstes willst du mir noch erzählen, dass Horoskope auch nicht stimmen."

„Glauben Sie denn an Horoskope?", wollte Milla wissen.

„Aber natürlich", erwiderte Henrys Mutter. „Du etwa nicht? Ich bin Zwilling und bei mir stand heute Morgen in der Zeitung: *Genießen Sie den Tag.*" Claudia deutete auf die Teller vor ihnen. „Und das trifft ja wohl zu, oder? Was bist du eigentlich für ein Sternzeichen, Milla?"

Milla zuckte die Schultern. „Keine Ahnung."

„Das gibt es doch nicht! Wann hast du denn Geburtstag?", hakte Henrys Mutter nach.

„Am dreißigsten September", sagte Milla.

„Dann bist du Waage, genau wie Henry! Wartet kurz." Claudia holte ihr Smartphone aus der Tasche und tippte etwas ein. „Bei Waage steht: *Sie müssen eine fast unlösbare Aufgabe lösen, die Ihnen jemand anderes eingebrockt hat.*" Henrys Mutter legte ihr Telefon wieder weg und sah Milla fragend an. „Wisst ihr, was das bedeuten könnte?"

Milla und Henry schüttelten beide den Kopf und versuchten gleichzeitig, ihre Überraschung zu verbergen, weil die Aussage des Horoskops genau zu ihrer Situation passte.

„Keine Sorge, ihr werdet es schon noch rauskriegen“, verkündete Claudia und schob ihren Teller von sich. „Wir haben gut gegessen und Milla muss bestimmt nach Hause. Lasst uns aufbrechen.“

Henrys Mutter legte den Fünfzigeuroschein neben die Rechnung, die der Kellner gebracht hatte, und verließ mit Milla und Henry das Restaurant.

Der weiße Ritter

Als Milla mit Henry und seiner Mutter aus dem Restaurant auf die leere Straße trat, hörte Milla in der Ferne das Klappern von Hufen. Sie drehte den Kopf in die Richtung, aus der das Geräusch kam, und sah ein weißes Pferd, das direkt auf sie zugaloppierte. Im Sattel saß ein Reiter und als er näher kam, erkannte Milla, dass der Mann eine Rüstung anhatte. Genau so eine, wie Ritter sie im Mittelalter bei einem Turnier oder in einer Schlacht getragen hatten.

Es war nicht schwer zu erkennen, dass der Mann Schwierigkeiten hatte, sein Pferd unter Kontrolle zu halten. Die Hufeisen schlugen Funken auf der Straße, während der Mann versuchte, den durchgegangenen Schimmel mithilfe der Zügel zum Stehen zu bringen.

Milla, Henry und Claudia sagten kein Wort, sondern starrten den Reiter einfach nur an, der ungebremst auf sie zuraste. Als er nur noch fünfzig Meter von ihnen entfernt war, tauschten Milla und Henry einen kurzen Blick, griffen nach ihren Fechthelmen und liefen dem Pferd entgegen.

„Nicht! Bleibt hier!“, schrie Claudia ihnen hinterher, aber die zwei kümmerten sich nicht darum.

Milla und Henry setzten sich ihre Masken auf und stellten sich mitten auf die Straße, während Claudia vor Schreck wie versteinert auf dem Bürgersteig stehen blieb.

Mit weit ausgebreiteten Armen beobachteten die beiden, wie der Schimmel immer näher kam. Milla konnte in den Augen des Pferdes sehen, dass es verunsichert war. So als könnte es sich nicht entscheiden, ob es einfach durch sie hindurch galoppieren, über sie springen oder anhalten sollte.

Als der Schimmel sie fast erreicht hatte, schloss Milla die Augen. Kurz darauf spürte sie eine Hand auf der Schulter, die sie einen Schritt zurückzog. Es war Henrys Hand und als sie ihre Augen öffnete, sah sie, dass das Pferd direkt vor ihr stand. Der riesige Schimmel bäumte sich auf und schlug mit den Hufen in der Luft herum. Keinen halben Meter von Millas Kopf entfernt. Aber nur kurz, dann tänzelte er unruhig auf dem Asphalt vor und zurück und ließ ohne Widerstand zu, dass Henry ihn am Zügel packte und vorsichtig zur Seite führte.

Der Reiter in der seltsamen Rüstung ließ sich erleichtert aus dem Sattel gleiten. Er öffnete mit zitternden Händen das Visier seines Helmes und setzte sich auf die Bordsteinkante.

Nachdem sie sich von ihrem Schreck erholt hatte, rannte Henrys Mutter auf die Straße und schloss ihren Sohn und Milla erleichtert in die Arme. Dann blickte sie lange zu dem Pferd und seinem Reiter hinüber, der immer noch auf dem Boden saß.

„Erst die fünfzig Euro und jetzt der Ritter auf dem weißen Pferd", flüsterte Claudia ergriffen, dann wandte sie sich an Henry und Milla. „Und euer Horoskop stimmt auch: Ihr habt die fast unlösbare Aufgabe gelöst. Ihr habt das Pferd gestoppt."

Aus ihrem Lächeln war ein glückliches Strahlen geworden. Dabei schaute sie aber schon lange nicht mehr Milla und Henry an, sondern hatte nur noch Augen für den Mann, der sich schwerfällig erhob und nun anfing, umständlich zu erklären, wer er war und wo er herkam.

Er gehörte zu einer Truppe von Schauspielern, die als Ritter verkleidet auf Mittelalterfesten auftraten.

„Ich weiß gar nicht, was mit dem alten Klepper los war", erklärte der Mann, nachdem er sich ihnen als Stefan vorgestellt hatte. „Kaum saß ich im Sattel, ist dieses elende Vieh auch schon losgeschossen, als wäre es von einer Hornisse gestochen worden. Zum Glück konnte ich den Gaul gerade noch stoppen, sonst hätte er die armen Kinder hier mit seinen Hufen zu Brei zerstampft. Was sind das überhaupt für komische Helme, die ihr auf dem Kopf habt? Spielt ihr *Die Außerirdischen greifen an*, oder was?"

Der Mann lachte und auch Claudias Mutter lachte.

Milla und Henry lachten nicht. Man musste kein Experte in Cold Reading sein, um zu wissen, dass dieser Stefan ein Vollidiot war, der nicht mal ordentlich Danke sagen konnte. Und es war auch keine Hornisse gewesen, die das arme Tier hatte durchgehen lassen. Milla reichte ein Blick auf die spitzen Sporen, die Stefan an den Hacken seiner Stiefel trug, um zu erkennen, warum sich der Schimmel so erschrocken hatte.

„*Sie* haben den doch gar nicht aufgehalten, das waren wir!", rief Henry unter seinem Helm.

Milla wollte das gerade bestätigen, aber Claudia kam ihr zuvor.

„Das dürfen Sie nicht so ernst nehmen, die Kinder stehen noch unter Schock", sagte sie.

„Nenn mich einfach Stefan und sag Du zu mir", bot Stefan mit einem schmierigen Lächeln an. „Zur Entschädigung für diese Aufregung würde ich dich morgen gerne zum Kaffee einladen."

„Oh, sehr gerne", hauchte Claudia.

„Also morgen um drei im Stadtcafé", sagte Stefan, nachdem er und Claudia ihre Telefonnummern ausgetauscht hatten. „Und ihr zwei Kleinen bekommt zum Trost Freikarten für den Mittelaltermarkt. Sagt an der Kasse einfach meinen Namen, dann kommt ihr umsonst rein. Aber lasst eure Alien-Helme zu Hause, sonst erschreckt ihr nur wieder mein Pferd. Bis morgen!"

Stefan deutete eine Verbeugung an und führte seinen Schimmel am Zügel die Straße hinunter, ohne sich noch einmal nach ihnen umzudrehen.

„Das ist er, mein Ritter auf dem weißen Pferd", flüsterte Claudia ergriffen und schaute Stefan verträumt hinterher.

„So ein Idiot!", brummte Henry.

„Vollidiot!", bekräftigte Milla, aber das schien Henrys Mutter gar nicht zu hören.

Auf dem Heimweg zerbrach sich Milla den Kopf, wie es sein konnte, dass an einem Tag gleich zwei Vorhersagen ihres Vaters hatten eintreffen können. Erst die fünfzig Euro, die auf der Straße lagen, und dann der Ritter auf dem weißen Pferd. Konnte ihr Vater etwa doch in die Zukunft schauen?

Nein, das war Blödsinn. Milla schüttelte den Kopf, um den absurden Gedanken wieder loszuwerden. Niemand konnte in die Zukunft sehen und ihr Vater schon gar nicht. Das war ein Scharlatan, ein netter, aber nichtsdestotrotz ein Scharlatan, der den Leuten nur erzählte, was sie gerne hören wollten.

Und manchmal traf es dann eben zu. Aus reinem Zufall und aus keinem anderen Grund. Da war sie sich ganz sicher.

„Hallo, Papa!“, rief Milla, als sie die Wohnungstür aufschloss.

„Hallo, Schatz“, antwortete Michael aus der Küche.

Es roch nach Pfannkuchen. Pfannkuchen waren Millas Lieblingsspeise und sie nahm zu Recht an, dass das Essen eine Art Friedensangebot ihres Vaters war. Auch Milla hatte keine Lust mehr, sich noch länger mit Michael zu streiten. Außerdem musste sie ihm unbedingt erzählen, was in der Zwischenzeit alles geschehen war.

„Ich habe dir Pfannkuchen gemacht.“ Mit einer Bewegung aus dem Handgelenk schleuderte er den Pfannkuchen in die Luft und fing ihn geschickt mit der Pfanne wieder auf. „Ich sollte im Fernsehen auftreten, was meinst du?“

„Tust du doch schon", sagte Milla.

„Stimmt, hatte ich glatt vergessen." Michael lächelte seine Tochter an und Milla lächelte zurück.

Sie konnte sehen, wie erleichtert er war, dass sie nicht mehr böse auf ihn war.

„Eigentlich wollte ich dir die Pizza von gestern aufwärmen", fuhr Michael fort. „Aber die hast du ja schon zum Frühstück gegessen. Ich hoffe, sie hat dir gut geschmeckt."

„Bestimmt nicht so gut wie deine Pfannkuchen", erwiderte Milla. „Schade nur, dass ich schon gegessen habe."

„Wo?"

„Ich war beim Mexikaner."

„Mit deinem Schatz?" Michael grinste und Milla streckte ihm die Zunge raus.

„Mit Henry und seiner Mutter", erklärte Milla.

„Oh, so weit seid ihr schon." Michael ließ den Pfannkuchen aus der Pfanne auf einen Teller gleiten. „Ich kann die Zukunft übrigens auch aus der Oberflächenstruktur eines Pfannkuchens lesen und ich sehe …" Millas Vater beugte sich tief über den Teller. „Ich sehe eine Hochzeit, schon sehr bald, und fünfundzwanzig Enkelkinder für mich."

„Blödmann!" Milla griff nach einem Küchenhandtuch, das über dem Stuhl hing, und warf es ihrem Vater lachend an den Kopf. „Kannst du nicht ein Mal ernst sein? Ich muss dir was Wichtiges erzählen. Henrys Mutter hat heute fünfzig Euro auf der Straße gefunden und vorhin hat sie einen Ritter auf einem weißen Pferd getroffen. Genau, wie du es vorhergesagt hast."

„Einen Ritter?", fragte Michael verwundert.

„Keinen richtigen natürlich, das war ein Schauspieler vom Mittelaltermarkt, aber er hatte eine Rüstung an und saß auf einem Pferd. Weißt du, was das bedeutet?"

„Wenn sich das rumspricht, kriege ich noch mehr Kunden", erwiderte Michael. „Ist doch super!"

„Das bedeutet, dass sie jetzt endgültig überzeugt ist, dass deine dritte Prophezeiung ebenfalls in Erfüllung geht und sie einen Job in Amerika bekommt."

„Vielleicht kann ich ja plötzlich wirklich hellsehen?" Michael klang verunsichert.

„Kannst du nicht, das kann niemand. Das waren nur zwei blöde Zufälle", erklärte Milla. „Aber das mit Amerika wird kein Zufall sein. Schon mal was von *self fulfilling prophecy* gehört? Henrys Mutter wird alles daransetzen, dort hinzukommen. Weil du es ihr gesagt hast."

„Ist er dir wirklich so wichtig?"

Milla nickte nur, dann drehte sie sich um, damit

Michael ihre Tränen nicht sah. Sie rannte aus der Küche und schloss sich im Bad ein. Mit der Hand spritzte sie sich kaltes Wasser ins Gesicht und ließ dann die Badewanne volllaufen.

Milla hoffte, dass das Proben mit den Handschellen sie auf andere Gedanken bringen würde.

Als sie gerade ins Wasser steigen wollte, piepste ihr Smartphone. Milla brauchte keine Hellseherin zu sein, um zu wissen, dass die Nachricht von Henry kam. Sie griff nach ihrem Telefon, um nachzuschauen, was er ihr geschrieben hatte.

Was ist denn jetzt mit den Pfannkuchen? ☺

Milla musste lachen. Die Nachricht war nicht von Henry, sondern von ihrem Vater. Ganz so leicht war das mit dem Hellsehen scheinbar doch nicht. Milla fand das beruhigend. Und vielleicht würden sie Henrys Mutter die fixe Idee ja doch noch ausreden können. Und das Date mit diesem schleimigen Möchtegern-Ritter am besten gleich mit.

Die ess ich später, danke, tippte Milla.

Sie legte das Handy auf den Rand des Waschbeckens, schloss die Handschellen um ihre Arme und stieg in die Wanne. Dann holte sie tief Luft und tauchte unter.

Gegenmaßnahmen

Den ganzen Abend wartete Milla auf eine Nachricht von Henry. Aber so oft sie auch auf ihr Handy starrte, der Posteingang blieb leer. Dreimal hatte sie schon angefangen, selber an ihn zu schreiben, dann aber alle Zeichen wieder gelöscht, weil sie nicht die richtigen Worte fand.

Alles in Ordnung bei dir? klang zu besorgt, *Wie geht es dir?* viel zu allgemein und *Schläfst du schon?* ging gar nicht.

Milla begann, sich Sorgen zu machen. Vielleicht war dieser Ritter in Wahrheit ein Massenmörder, der Henry und seiner Mutter längst mit seinem Schwert die Kehle durchgeschnitten hatte. Vielleicht waren Henry und seine Mutter schon tot und lagen in einer riesigen Blutlache auf dem Küchenfußboden. Vielleicht durchwühlte Stefan genau in dieser Sekunde die Schubladen in Henrys Wohnung auf der Suche nach Geld oder Schmuck.

Milla holte ihren Laptop zu sich ins Bett und versuchte, ihre Mutter anzuskypen. Aber Katharina war nicht online und mit ihrem Vater wollte Milla nicht reden. Die Gefahr war zu groß, dass sie doch nur wieder anfangen würden zu streiten, weil er mit seinen blöden Prophezeiungen schuld war an dem ganzen Schlamassel.

Milla legte den Laptop weg und kuschelte sich unter ihre Decke. Schlafen konnte sie nicht. Sie überlegte sich immer weitere Gründe, warum Henry sich nicht meldete. Und ein Grund war schrecklicher und blutiger als der vorherige.

Als Milla am nächsten Morgen auf den Schulhof kam, saß Henry schon auf der Tischtennisplatte und las in seinem Weltraum-Buch. Während Milla auf ihn zuging, spürte sie, wie sich ihre Sorge um Henry in Wut verwandelte.

„Hallo, wie geht's?", begrüßte er Milla, als sie vor ihm stand.

„Hast du dir die Daumen gebrochen?", erwiderte Milla sauer.

„Warum?", fragte Henry verwundert.

„Weil du dich nicht bei mir gemeldet hast, nicht mal eine Nachricht hast du geschickt."

„Du hast ja keine Ahnung, was bei mir los ist." Henry blickte Milla so traurig an, dass es ihr schon wieder leid tat, ihn so angefahren zu haben. „Der weiße Ritter hat sich bereits gestern Abend gemeldet und heute Morgen saß er bei uns am Frühstückstisch. Meine Mutter ist im siebten Himmel, weil sie an die Vorhersage deines Vaters glaubt und fest davon überzeugt ist, dass Stefan der Richtige für sie ist. Dabei nutzt der Vollidiot sie nur aus. Aber das Schlimmste ist, er hat ihr erzählt, dass er ganz tief in seinem Herzen gar kein Ritter, sondern ein Cowboy sei, der immer schon davon geträumt habe, mit einem süßen Cowgirl wie ihr nach Amerika auszuwandern."

„Hat er wirklich *süßes Cowgirl* gesagt?", fragte Milla.

„Hat er, und meine Mutter ist voll drauf abgefahren. Und das alles nur, weil dein Vater Blödsinn erzählt hat", erwiderte Henry. „Und deswegen musst du mir helfen, das alles wieder geradezurücken."

„Aber wie denn?", fragte Milla, deren Wut auf Henry längst verflogen war.

„Wir machen eine zweite Sitzung, in der wir den Geist meines verstorbenen Vaters rufen, und der redet ihr dann solange ins Gewissen, bis sie diesen Ritterschauspieler in den Wind schießt und auch diese idiotische Amerika-Idee aufgibt."

„Ich glaube nicht, dass ich meinen Vater dazu überreden kann“, entgegnete Milla.

„Der soll ja auch gar nicht mit dem Geist meines Vaters sprechen.“

„Wer denn sonst?“

„Du! Es glauben doch sowieso alle, dass du die hellseherischen Fähigkeiten von deinem Vater geerbt hast“, erklärte Henry.

Milla zögerte. „Ich weiß nicht …“

Henry ließ nicht locker. „Du bist mir das schuldig“, sagte er. „Ich versorg dich mit ein paar Details aus dem Leben meines Vaters, damit meine Mutter dir die Show auch glaubt, und du redest ihr den ganzen Quatsch aus, den dein Vater ihr eingeredet hat. Also, was ist?“

„Das klappt nie.“

„Ich verrate dir dann auch, wie der Houdini-Trick funktioniert“, versprach Henry.

„Was? Wie? Woher weißt du …?“

„Ich habe ein bisschen im Internet recherchiert“, erklärte Henry. „War gar nicht so leicht zu finden, aber ich glaube, ich weiß jetzt, wie er es gemacht hat.“

„Wie denn?“, fragte Milla aufgeregt.

„Das sag ich dir erst, wenn mein toter Vater meiner Mutter gesagt hat, dass sie sich nicht mehr mit diesem Ritter treffen soll.“

„Das ist Erpressung."

„Stimmt." Henry hielt Milla die Hand hin. „Also, was ist?"

„Abgemacht", sagte Milla und schlug ein. „Heute Nachmittag ist mein Vater im Sender, da können wir das Wohnzimmer nutzen."

Als es am Nachmittag an der Tür klingelte, hatte Milla schon alles vorbereitet. Die Vorhänge waren zugezogen, die Kugel stand auf dem Tisch und auch das Licht hatte sie bereits heruntergedimmt. Milla lief zur Tür und öffnete sie.

„Hallihallo!" Henrys Mutter trug wieder das Kleid mit den Flamingos und strahlte Milla glücklich an. „Mein Sohn hat gesagt, du hättest etwas Wichtiges mit mir zu besprechen. Willst du um Henrys Hand anhalten?"

Milla lächelte müde. Henrys Mutter und Michael schienen dieselbe Art von Humor zu haben. Milla fand den Spruch überhaupt nicht komisch, aber das spielte jetzt keine Rolle.

„Nein, aber seit Sie vorgestern Abend hier waren, habe ich seltsame Erscheinungen", schwindelte Milla. „Ich habe Rufe gehört."

„Rufe? Was denn für Rufe?", wollte Claudia wissen.

„Aus dem Jenseits“, antwortete Milla. „Ich glaube, es ist Ihr verstorbener Mann, der Ihnen etwas sagen möchte.“

Milla beobachtete genau, welche Wirkung ihre Worte auf Henrys Mutter hatten. Claudia war mit einem Schlag ganz blass geworden, das konnte Milla trotz der Schminke in ihrem Gesicht erkennen.

„Bist du ganz sicher?“

„Ziemlich sicher, deswegen hatte ich Henry ja gebeten, Ihnen Bescheid zu geben“, erwiderte Milla. „Wir können gleich anfangen, es steht schon alles bereit.“

„Ich weiß gar nicht, ob ich das will“, sagte Claudia zögernd. „Mit seinem Geist reden, meine ich.“

„Sie müssen“, drängte Milla und zog Henrys Mutter ins Wohnzimmer. „Sonst findet er keine Ruhe.“

Claudia ließ sich widerwillig auf dem Stuhl nieder, während sich Milla auf die andere Seite des Tisches setzte. Auf den Platz, auf dem ihr Vater sonst immer saß.

Im Kopf ging sie noch einmal alle Details durch, die Henry ihr über seinen Vater erzählt hatte, während sie so tat, als würde sie konzentriert in die Kristallkugel starren. Mit der linken Hand schaltete sie unter dem Tisch ihr Handy an und stellte unauffällig eine Verbindung zu Henry her.

„Und? Ist er da?“, fragte Claudia.

„Wer?“, rief Milla ertappt, weil sie dachte, Henrys Mutter würde über ihren Sohn sprechen.

„Na, der Geist meines Mannes natürlich“, erklärte Claudia. „Wer denn sonst? Deswegen hast du mich doch kommen lassen.“

„Oh, natürlich, klar. Ich glaub schon“, stotterte Milla. „Ich muss ihn nur rufen. Geist von Henrys Vater, melde dich.“

„Und? Meldet er sich?“

Milla antwortete nicht, sondern legte nur ihren Zeigefinger an die Lippen, während sie gleichzeitig so tat, als würde sie angestrengt lauschen. Aus dem Telefon glaubte sie Henrys Lachen zu hören. Aber ganz sicher war sie sich nicht.

„Jetzt! Ich glaube, er ist da, hier im Zimmer“, sagte Milla und bemühte sich dabei, ihre Stimme möglichst geheimnisvoll klingen zu lassen.

„Echt?“

„Ich kann ihn spüren. Er steht direkt neben mir“, behauptete Milla, die sich jetzt ganz sicher war, dass aus ihrem Telefon ein leises Kichern ertönte.

„Und? Spricht er auch zu dir?“

Milla nickte nur und tat weiter so, als würde sie aufmerksam dem Geist zuhören, der da angeblich neben ihr stand.

„Was sagt er denn? Mach es doch nicht so spannend, Schätzchen“, drängte Millas Mutter ungeduldig. „Was will er von mir?“

„Erst einmal soll ich Sie grüßen“, begann Milla vorsichtig. „Er hat ausdrücklich gesagt: Grüß meinen Spatz von mir.“

Henrys Mutter starrte Milla mit großen Augen an. „Das hat er gesagt?“

„Hat er“, bestätigte Milla.

„Und was sonst noch?“

Milla lauschte wieder eine Weile in das leere Zimmer hinein, bevor sie sich erneut Claudia zuwandte.

„Ich soll auch Grüße an seinen Sohn ausrichten, und er hofft, dass Sie John in Ehren halten.“

„John?“

„Na, seine alte Gitarre. Er sagt, er hätte sie immer John genannt.“

„Stimmt, das hat er!“, bestätigte Claudia. „Und natürlich halten wir die in Ehren. Sie hängt an der Wand über dem Sofa.“

„Und dann sagt er noch …“, Milla machte eine Pause, um die Spannung zu steigern, „dass dieser Stefan nichts für Sie ist. Den sollten Sie in den Wind schießen, besser heute als morgen.“

Claudia starrte Milla an, als könnte sie den Geist

ihres Mannes jetzt selber sehen. Sie war noch blasser geworden und ihre Unterlippe zitterte.

„Außerdem meint er, dass Sie sich die Idee mit Amerika so schnell wie möglich aus dem Kopf schlagen sollen. Es wäre für Sie und Henry besser, wenn Sie einfach hierbleiben und sich einen neuen Job in der Gegend suchen würden. Das ist seine Bitte an Sie. Nein, eigentlich ist es gar keine Bitte, sondern eine Art Wunsch. Und dem Willen der Geister sollte man sich nicht widersetzen, das kann böse enden, soll ich Ihnen noch ausrichten."

Milla sprach jetzt fast so, als wäre sie in Trance. Dabei beobachtete sie aufmerksam, wie Henrys Mutter auf ihre Rede reagierte.

Es war jetzt nicht nur Claudias Unterlippe, die zitterte. Ihr ganzer Körper bebte. Milla befürchtete, dass sie zu weit gegangen war, aber da brach es auch schon aus Henrys Mutter heraus.

„Glaubst du wirklich, du kannst immer noch über mich bestimmen?", fing Claudia an zu brüllen. „Du hast dich nie um uns gekümmert, immer nur um deine Musik, Musik, Musik. Wie es mir oder deinem Sohn geht, war dir doch völlig egal! Und jetzt gönnst du mir mein kleines Glück nicht! Aber ich lasse mir von dir nicht mehr mein Leben versauen. Ich gehe jetzt meinen eigenen Weg! Jetzt erst recht! Da hast du mir gar nichts zu sagen, du bist nämlich tot, tot, tot!"

Milla war viel zu überrascht, um etwas entgegnen zu können. Sie starrte Claudia an, die sich nur langsam wieder beruhigte.

„Entschuldige, Schätzchen", sagte Henrys Mutter schließlich und stand auf. „Ich wollte dich nicht erschrecken, aber wir haben uns früher immer gestritten. Das ist er gewohnt."

„Wer?", fragte Milla.

„Na, mein verstorbener Mann, mit dem du gerade gesprochen hast. Aber so war er damals schon, er hat immer geglaubt, er wüsste am besten, was gut für mich ist. Der alte Besserwisser."

Milla schluckte und plötzlich fiel ihr ein, dass Henry das alles mit angehört hatte. Sie überlegte kurz aufzulegen, aber das hätte jetzt auch nichts mehr genützt.

„Weißt du", sagte Claudia, als sie schon fast die Tür erreicht hatte, „am Anfang dachte ich ja noch, dass das mit den Geistern nur ein billiger Schwindel ist, aber als er dann meinen Kosenamen und den Namen seiner E-Gitarre genannt hat, wusste ich, dass es mein verstorbener Mann war. Das konntest du ja gar nicht wissen. Außerdem war das so typisch für ihn! Wenn er sich noch mal bei dir meldet, sag ihm, er kann sich zum Teufel scheren. So, jetzt muss ich los. Ich habe heute Nachmittag noch eine Verabredung mit Stefan.“

Henrys Mutter warf Milla eine Kusshand zu, dann verschwand sie durch die Wohnungstür.

Milla hörte noch das Klackern ihrer hochhackigen Schuhe im Treppenhaus, als sich Henry am Telefon meldete.

„Das ging ganz schön in die Hose“, seufzte er.

„Kann man wohl sagen. Ich melde mich später noch mal“, erwiderte Milla und legte auf.

Sie ging zum Fenster, um die Vorhänge wieder aufzuziehen. Vor der Terrassentür hockten Siggi und Roy und schauten Milla erwartungsvoll an. Milla öffnete die Tür, um ihnen Futter zu geben. Die beiden Kaninchen hatten es gut, dachte sie. Siggi und Roy kannten keine Sorgen, solange sie nur genügend zu fressen bekamen.

Ein neuer Plan

Erst nachdem Milla ihre Kaninchen versorgt hatte, fiel ihr auf, dass sie vor lauter Aufregung vergessen hatte, Henry nach der Lösung des Houdini-Tricks zu fragen. Sie nahm das Handy und schrieb ihm eine Nachricht.

Alles okay bei dir?

Alles gut, antwortete Henry.

Tut mir leid, dass es schiefgelaufen ist ☹, tippte Milla.

Das ist nicht deine Schuld. Meine Eltern haben sich früher schon immer gestritten, schrieb Henry zurück.

Und jetzt?, fragte Milla.

Ist meine Mutter vor Trotz noch verliebter. Der Typ hat sich hier eingenistet und lässt sich von vorne bis hinten bedienen.

Wieso das denn?

Weil es bei uns bequemer ist als in dem alten Wohnwagen, in dem er sonst lebt. Wir brauchen einen anderen Plan.

Und welchen?, wollte Milla wissen.

Keine Ahnung. ☹

Weil Milla auch keine Idee hatte, entstand eine längere Pause.

Du wolltest mir noch sagen, wie der Trick geht, tippte Milla schließlich.

Stimmt.

Und wie?

Henry ließ sie einen Moment zappeln, dann schrieb er: *Ein Kuss.* ☺

Ein Kuss???

Erklär ich dir später, ich muss aufhören.

Das ist gemein.

☺

Milla schickte ihm ein heulendes Smiley und wartete. Es kam aber keine Antwort, und nachdem sie fünf Minuten auf das Display gestarrt hatte, steckte sie ihr Handy weg und holte ein Kartenspiel aus dem Schrank. Sie wollte mit den Spielkarten ein paar Tricks üben, um sich abzulenken. Doch das klappte nicht, weil sie nicht bei der Sache war. Die ganze Zeit fragte sie sich, was Henry mit dem *Kuss* gemeint hatte.

Milla legte die Karten weg und griff nach ihrem Florett. Immer wieder und wieder stieß sie mit der Waffe auf die Kissen ein, die auf ihrem Bett verstreut lagen.

Mit jedem Stoß wurde sie ruhiger, doch erst als die Federn aus den Kissenfüllungen ihr Zimmer in eine weiße Schneelandschaft verwandelt hatten, ging es ihr wirklich besser.

Das Beste aber war, dass sie eine Antwort gefunden hatte. Nicht für die Frage mit dem Kuss, sondern dafür, wie sie Claudia von der fixen Idee abbringen konnten, dass Michael ihr tatsächlich die Zukunft vorausgesagt hatte.

Ich weiß, was wir machen, schrieb sie Henry.

Keine Antwort.

Meld dich doch mal.

Wieder keine Antwort.

Milla wartete noch zehn Minuten, dann schnappte sie sich ihre Jacke und verließ die Wohnung.

Milla hatte Henry noch nie zu Hause besucht, aber sie kannte seine Adresse von einem Aufkleber, der auf seiner Fechttasche klebte. Es war gar nicht weit weg, mit dem Fahrrad kaum eine Viertelstunde.

Atemlos kam sie vor dem Haus an, stellte ihr Rad ab und suchte auf dem Klingelschild nach Henrys Nachnamen. Doch auch nach dem dritten Läuten öffnete niemand.

Milla ging zurück zu ihrem Fahrrad und checkte

ihre Nachrichten. Henry hatte sich immer noch nicht gemeldet, dafür war eine Meldung von ihrem Vater reingekommen.

Heute Abend können wir quatschen.

Milla schickte ihm ein Daumen-hoch-Symbol und überlegte, wo Henry sein könnte. Fechttraining war heute keines und soweit sie wusste, war Henry auch nicht in einer der Schul-AGs angemeldet.

Während sie nachdachte, fiel ihr Blick auf die Litfaßsäule, die auf der anderen Seite der Straße stand. Dort hingen gleich drei Plakate nebeneinander, die für den Mittelaltermarkt am Rande der Stadt warben.

„Wieso bin ich da nicht früher draufgekommen!“, ärgerte sich Milla. Sie stieg wieder auf ihr Rad und sauste die Straße hinunter.

Der Mittelaltermarkt war von einem hohen Zaun umgeben. Um hineinzukommen, musste man an einem Kassenhäuschen vorbei. Milla las das Schild, das neben der Kasse hing.

Die Frau, die in dem kleinen Häuschen saß, war Anfang zwanzig, trug eine weiße Haube und ein altmodisches, grob geschneidertes Kleid. Sie starrte auf ihr Handy und legte es erst weg, als sie Milla bemerkte.

„Oh, seid willkommen, liebreizende Maid. Für nur fünf Taler kannst du dich an unserem bescheidenen Spektakel ergötzen."

„Stefan hat gesagt, ich komme umsonst rein, wenn ich seinen Namen erwähne", erwiderte Milla.

„Was denn für ein Stefan? Kenn ich nicht. Da kann ja jeder kommen und sagen, er kennt einen Stefan!" Die Kassiererin verzichtete darauf, weiter in ihrer albernen Fantasiesprache zu reden und schaute Milla verärgert an.

„Er ist Schauspieler und arbeitet hier als Ritter", sagte Milla.

„Das tun viele", fauchte die Frau und wandte sich wieder ihrem Telefon zu. „Wenn du hier reinwillst, zahlst du fünf Euro, so wie jeder andere auch. Ansonsten verschwinde, aber ein bisschen plötzlich!"

„Können Sie nicht mal eine Ausnahme machen?", fragte Milla. „Ich muss nur kurz rein, um jemanden zu sprechen."

„Nö, kann ich nicht."

„Bitte!"

Die Frau schüttelte nur den Kopf und tippte dabei auf ihrem Handy herum, ohne Milla anzuschauen.

Milla seufzte und kramte in ihrer Jackentasche nach ein paar Münzen.

„Na, geht doch!“, brummte die Frau, als Milla ihr das Geld auf den Tresen legte. „Und hab viel Vergnügen, holdes Mägdelein.“

Milla achtete nicht weiter auf sie, sondern lief suchend zwischen den zahlreichen Buden herum. Es waren nicht viele Besucher da, die den Schmieden und Bäckern, Bogenschnitzern und Töpfern in ihren Hütten bei der Arbeit zusahen. Milla hatte keinen Blick für die Auslagen und Angebote übrig, sie hielt nur Ausschau nach Henry und Claudia, die sie auf dem Markt zu treffen hoffte.

„Wo ist denn hier der Turnierplatz?“, fragte sie einen Mann, der auf sie zukam und eine lustige Mütze auf dem Kopf trug.

„Ich gebe der jungen Magd ein Rätsel: Sie findet ihn dort, wo die wilden Rösser hausen und die kleinen Häuser auf Rädern stehen“, antwortete der Narr und schlug dabei dreimal hintereinander auf ein Tamburin, das er in seiner rechten Hand hielt.

„Ich bin keine Besucherin, ich suche nur jemanden. Also können Sie auch ganz normal mit mir reden“, sagte Milla, der die gekünstelte Sprache gehörig auf die Nerven ging.

„Sag das doch gleich, der ist da vorne bei den Wohnwagen“, antwortete der Mann und steuerte eine Gruppe anderer Marktbesucher an, die vor einem Zelt standen, in der eine alte Frau den Menschen aus der Hand las. Auf einem Schild versprach sie, für zehn Euro die Zukunft vorauszusagen.

Schnäppchen, dachte Milla und lief in die Richtung, die der Mann ihr gezeigt hatte.

Der Turnierplatz war leer, weil die nächste Vorführung erst in einer halben Stunde beginnen sollte. Direkt dahinter standen die Wohnwagen der Schauspieler und Marktbetreiber.

Milla ging quer über den Sand auf die angeleinten Pferde zu, die neben den Wohnwagen standen und Heu fraßen. Der Schimmel, der Stefan fast abgeworfen hatte, war auch dabei, und Milla schien es beinahe, als würde er sie wiedererkennen. Er hob den Kopf, schaute zu ihr herüber und wieherte. Milla winkte ihm zu und machte sich dann weiter auf die Suche nach Stefan. Er saß mit Claudia und Henry auf billigen Klappstühlen, die vor einem heruntergekommenen Wohnwagen standen.

Henry entdeckte Milla zuerst und in seinen Augen konnte sie die Frage lesen: „Was machst du denn hier?“

Claudia bemerkte Milla nicht gleich, weil sie an Stefans Lippen hing, der gerade eine abenteuerliche Geschichte aus seinem Leben erzählte. Milla war überzeugt, dass alles, was er sagte, von hinten bis vorne erlogen war.

„Ah, da ist ja auch die zweite Außerirdische!“, rief Stefan, nachdem er seine Geschichte beendet hatte. „Hat am Eingang alles reibungslos geklappt?“

„Nein“, erwiderte Milla. „Die Frau dort kannte Sie gar nicht.“

„Das Mädchen ist neu. Ich klär das später, damit du dein Geld zurückbekommst“, sagte Stefan großspurig, aber Milla war sich sicher, dass auch das eine faustdicke Lüge war.

Für Stefan war die Sache damit erledigt und er wandte sich wieder Claudia zu.

„Warum meldest du dich nicht?“ Milla hatte sich auf den freien Klappstuhl neben Henry gesetzt und beugte sich verschwörerisch zu ihm hinüber.

„Mein Akku war alle“, sagte Henry.

„Und warum lädst du ihn dann nicht auf?“

„Keine Zeit, ich muss auf sie aufpassen.“

„Auf wen?“, fragte Milla.

„Sie ist völlig blind, so verknallt ist sie.“ Henry deutete mit dem Kinn auf seine Mutter.

Milla beobachtete Claudia und Stefan eine Weile. Henrys Mutter lachte über jeden noch so blöden Witz, den Stefan machte, und konnte ihre Augen gar nicht von ihm abwenden.

„Dann ist ja gut, dass ich da bin“, sagte Milla leise. „Ich weiß, wie wir sie heilen können.“

„Wie denn?“, wollte Henry wissen.

„Wir erzählen ihr einfach die Wahrheit. Erklären ihr, wie mein Vater arbeitet. Wenn sie weiß, wie Cold Reading funktioniert, wird sie es einsehen.“

„Bist du sicher?“

„Nein, aber wir können es zumindest versuchen.“

Henry sah nicht überzeugt aus, aber da er nicht widersprach, nahm Milla an, dass er einverstanden war.

„Ich muss mich jetzt umziehen, schließlich habe ich gleich meinen großen Auftritt“, verkündete Stefan. „Bleib brav hier sitzen und warte auf mich. *I'll be back.*“ Er zwinkerte Claudia zu und verschwand in seinem Wohnwagen.

Milla konnte einen Blick durch die offene Tür erhaschen. Überall lagen leere Bierdosen und Pizzaschachteln herum. Sie verstand, warum Stefan sich lieber bei Henrys Mutter einquartiert hatte.

„Sagst du es ihr oder ich?", zischte Milla Henry zu.

„Du natürlich, schließlich war es dein Vater, der ihr das alles eingeredet hat", erwiderte Henry.

Milla atmete einmal tief durch, dann erzählte sie Claudia die ganze Wahrheit. Dass es in Millas Wohnung keine Geistererscheinung gegeben hatte, noch nie, und dass Milla sich das mit Henrys Hilfe alles nur ausgedacht hatte. Genau wie ihr Vater, der auch nicht daran glaubte, was er seinen Kundinnen vorhersagte. Und dass das mit den Prophezeiungen ganz einfach wäre, weil sowieso alle immer dasselbe hören wollten, und dass es nur darauf ankam, sein Gegenüber genau zu beobachten.

„Dass Sie von Amerika schwärmen, hat mein Vater gewusst, als er Ihr Armband gesehen hat", erklärte Milla. „Und dass Sie unglücklich waren und dringend gute Nachrichten benötigten, war für ihn auch nicht so schwer zu erkennen. Warum wären Sie sonst eine halbe Stunde zu früh zu uns gekommen?"

„Kannst du das auch?", fragte Henrys Mutter verwirrt.

„Klar, ist eigentlich ganz einfach. Man muss nur genau hinschauen. Warten Sie, ich beweis es Ihnen."

Milla deutete auf Stefan, der genau in diesem Augenblick in seiner Rüstung aus dem Wohnwagen kam.

Gefecht im Sand

„Er ist verheiratet, aber das soll keiner wissen. Deswegen hat er den Ring abgenommen.“ Milla deutete auf Stefans Hand. „Man kann es aber noch sehen, weil er am linken Ringfinger eine weiße Stelle hat, wo die Sonne nicht hinkam. Das beweist auch, dass er den Ring noch vor Kurzem getragen hat, und deswegen ist es ziemlich unwahrscheinlich, dass er geschieden ist oder so.

Außerdem kaut er an den Fingernägeln, das verraten mir seine Hände. Und das ist bei einem erwachsenen Mann nicht gerade ein gutes Zeichen. Ich glaube, er ist ziemlich labil. Um darüber hinwegzutäuschen, reißt er seine Klappe so weit auf. So wie gestern, als er behauptet hat, *er* hätte das Pferd gestoppt, obwohl er genau wusste, dass Henry und ich es waren.

Ich nehme an, das macht er auch, weil es mit seiner Schauspielkarriere nicht so richtig geklappt hat. Mal ehrlich, wenn er wirklich gut in seinem Job wäre, würde er ja wohl kaum bei so einem zweitklassigen Ritterspektakel mitmachen, sondern in Kinofilmen mitspielen oder zumindest im Fernsehen auftreten.

Außerdem ist er stinkfaul. Um das zu erkennen, braucht man nur einen Blick in seinen Wohnwagen zu werfen. Kein Wunder, dass er sich da lieber woanders einnistet und von vorne bis hinten bedienen lässt, statt allein in so einem rollenden Mülleimer zu hausen. Wenn Sie mich fragen …" Milla sah Claudia an, ohne sich um Stefan zu kümmern, der vor Wut zitternd immer noch auf der Treppe zu seinem Wohnwagen stand. „Der Kerl ist ein Blender und von dem Ritter, den mein Vater Ihnen versprochen hat, so weit entfernt wie ein Stinktier von einem Pandabären. Die haben auch nur das schwarz-weiße Fell gemeinsam und sonst gar nichts."

Claudia hatte schweigend zugehört, aber in ihrem Blick konnten Milla und Henry sehen, dass sie Stefan nach Millas Worten mit anderen Augen sah als zuvor. Auch Stefan hatte die ganze Zeit keinen Ton gesagt. Das tat er erst jetzt.

„Halt sofort dein unverschämtes Maul!", brüllte Stefan und griff nach seinem Schwert, das neben der Wohnwagentür lehnte.

Mit einem Satz sprang er die Stufen herunter und

stürzte sich auf Milla, die erschrocken zurückwich, bis sie mit dem Rücken gegen die Wand eines anderen Wohnwagens prallte. Ohne Stefan aus den Augen zu lassen, suchte sie mit den Händen nach etwas, mit dem sie sich verteidigen konnte. Milla konnte den Hass in Stefans Blick sehen, weil sie Claudia die Augen geöffnet und ihm gezeigt hatte, wie armselig sein Leben war.

„Hier! Fang!“ Henry war zu einem der anderen Wagen gelaufen, vor dem ein paar Schwerter zu einer Pyramide gestapelt standen. Er hatte sich eines davon geschnappt und warf ein zweites Milla zu.

Milla konnte es bequem am Griff fangen. Sie machte einen Ausfallschritt auf Stefan zu, so wie sie es beim Training auch immer tat. Sie wollte lieber selbst die Initiative ergreifen, als sich in die Verteidigung drängen zu lassen – so gewann sie die meisten ihrer Gefechte.

Für einen Moment hielt Stefan überrascht inne, dann ging auch er wieder zum Angriff über.

Milla hatte schon mal gehört, dass junge Schauspieler während ihrer Ausbildung Fechten lernten, weil sie diese Fähigkeit für die alten Theaterstücke auf der Bühne benötigten. Stefan war zwar lange nicht so gut wie sie, dafür war er das Schwert gewohnt. Milla dagegen hatte Schwierigkeiten mit der neuen Waffe, die viel schwerer war als das leichte Florett, mit dem sie im Training kämpfte.

Henrys Mutter schaute geschockt zu, wie sich Stefan und Milla mit den Schwertern hin und her jagten. Auch Henry griff nicht ein, das wollte er erst, wenn Milla wirklich in Gefahr geriet. Er kannte sie jetzt schon lange genug, um zu wissen, dass Milla extrem sauer sein würde, wenn er sich ohne Not einmischte.

Das Gefecht führte Milla und Stefan von den Wohnwagen weg bis auf den Turnierplatz. Dort hatten sich mittlerweile schon ein paar der Besucher versammelt. Sie schauten ihnen neugierig zu, weil sie glaubten, der Kampf wäre bereits Teil des offiziellen Programms.

„Ich werde dich lehren, solche Lügen über mich zu verbreiten!“, brüllte Stefan. „Das wirst du büßen, du Hexe!“

Für einen Moment dachte Milla, dass Jacob wahrscheinlich auch mal so ein Idiot werden würde wie Stefan. Die beiden wären glatt als Vater und Sohn durchgegangen, weil sie das gleiche dämliche Gesicht machten, wenn sie wütend waren. Der Gedanke ließ Milla grinsen, lenkte sie aber auch ab, sodass sie für einen Moment nicht auf ihren Gegner achtete.

Stefan nutzte das und traf Milla mit der stumpfen Seite seines Schwertes am rechten Oberarm. Die Wucht des Schlages warf Milla in den Sand des Turnierplatzes. Einige der Besucher klatschten, weil sie immer noch annahmen, dass das alles zur Show gehörte.

Millas Sturz weckte Henrys Mutter aus ihrer Schockstarre. Sie schrie erschrocken auf und rannte über den Turnierplatz auf Stefan zu. Doch mit ihren hochhackigen Schuhen kam sie im Sand nur langsam vorwärts. Für Henry war es ein Leichtes, seine Mutter zu überholen.

„Ich hoffe, das war dir eine Lehre und du zügelst in Zukunft deine giftige Zunge." Stefan stand über Milla und schaute höhnisch auf sie herunter. „Solltest du also noch einmal so einen Quatsch über mich erzählen, dann ..."

Weiter kam er nicht, weil Henry ihn mit der stumpfen Seite seines Schwertes am Hinterkopf traf.

Benommen taumelte Stefan ein paar Schritte nach vorne, bevor er auf die Knie fiel, um dann wie ein Sack Kartoffeln umzukippen. Milla musste sich schnell zur Seite rollen, sonst wäre er auf ihr gelandet.

„Danke, das wäre aber nicht nötig gewesen." Milla erhob sich und klopfte sich den Sand von der Hose. „Mit dem wäre ich auch alleine klargekommen."

„Das habe ich gesehen." Henry grinste. „Wie denn? Hättest du dich einfach weggezaubert?"

„Sehr komisch“, brummte Milla, während sich die Zuschauer verstreuten, weil es nichts mehr zu sehen gab.

Claudia hatte die Kinder mittlerweile auch erreicht. Sie war knallrot im Gesicht und es war nicht klar, ob das an der Anstrengung lag, in den hohen Schuhen durch den Sand zu stapfen, oder an der Aufregung. Sie nahm Milla in den Arm und drückte sie fest an sich.

„Ich war ja so geschockt, als dieser Fiesling sich auf dich gestürzt hat. Ist alles okay mit dir?“

„Alles gut“, sagte Milla und ließ Stefan dabei nicht aus den Augen, der sich benommen wieder aufrappelte.

„Nur gut, dass du mir die Augen geöffnet hast“, fuhr Henrys Mutter fort. „Und ich war tatsächlich so doof, auf den reinzufallen. Na, egal. Lasst uns schnell von hier verschwinden. Ich habe Mittelaltermärkte sowieso noch nie leiden können.“

Claudia schickte Stefan mit einem kräftigen Tritt in den Po zurück in den Sand. Dann legte sie Milla und Henry einen Arm um die Schulter und schob sie über den Turnierplatz Richtung Ausgang, ohne sich weiter um Stefan zu kümmern, der laut hinter ihnen herschimpfte und eine lange Reihe von Verwünschungen ausstieß.

Milla war das egal, sie war sich sicher, dass sie ihm

nie wieder begegnen würde. Übermorgen schon sollte der Markt in die nächste Stadt weiterziehen und Stefan mit ihm.

Am Eingang zögerte Milla kurz.

„Was ist los?“, fragte Henry.

„Ich will meine fünf Euro zurück, was denkst du denn?!“, erwiderte Milla.

„Vergiss das Geld und lass uns gehen. Meine Mutter und ich mussten übrigens auch bezahlen, von wegen Freikarten“, sagte Henry. „So was nennt man wohl Lehrgeld.“

„Es scheint aber nicht so, als würde deine Mutter das genauso sehen.“ Milla zeigte auf Claudia, die ihre Arme von den Schultern der Kinder genommen hatte und auf das Kassenhäuschen zusteuerte.

Milla und Henry schauten zu, wie sie ihre ganze Wut auf Stefan bei der jungen Kassiererin ablud.

„Und? Kriegt meine Mutter das Geld wieder?“, wollte Henry wissen. „Was meinst du?“

„Kann ich hellsehen?“, entgegnete Milla.

„Ja.“

„Idiot!“

Kurz darauf kam Claudia zu ihnen zurück. In der Hand hielt sie triumphierend einen Zehneuro- und zwei Fünfeuroscheine.

„Erst wollte sie nicht, aber dann habe ich ihr Stefan genauer beschrieben. Da hat sie sich an ihn erinnert und gesagt, dass er ein totaler Vollpfosten ist und auch schon versucht hat, sie anzumachen. Deswegen hat sie mir das Eintrittsgeld zurückgegeben."

Henrys Mutter reichte Milla ihre fünf Euro und erklärte feierlich: „Und jetzt will ich nie wieder was von Rittern auf weißen Pferden hören."

„Und nichts mehr von Wahrsagerei", ergänzte Milla.

„Oder von Horoskopen", fügte Henry hinzu.

Claudia war stehen geblieben und schaute sie verständnislos an. „Was hat das eine denn mit dem anderen zu tun?"

„Ihr weißer Ritter war ein Vollidiot", sagte Milla.

„Stimmt, aber es war eben einfach nicht der Richtige. Das mit dem Ritter war ja auch nur so eine Art Umschreibung. Der Richtige wird schon noch kommen und er muss ja auch keine Rüstung tragen. Und das mit dem plötzlichen Geldsegen hat schließlich gestimmt, schon vergessen? Genau wie euer Horoskop, als wir beim Mexikaner saßen. Erinnert ihr euch noch? Und den Job in Amerika werde ich kriegen, davon bin ich überzeugt."

Milla und Henry wechselten einen kurzen Blick

und verdrehten die Augen. Es war hoffnungslos. Henrys Mutter glaubte noch immer an Michaels Vorhersagen, weil sie daran glauben wollte. Und ihnen würde es bestimmt nicht gelingen, sie davon abzubringen, befürchtete Milla.

Sie brauchten einen anderen Plan, auch wenn Milla keinen blassen Schimmer hatte, wie der aussehen könnte.

Amerika liegt gleich nebenan

„Papa? Bist du schon da?“, rief Milla und zog sich im Flur ihre Jacke aus.

„Hier in der Küche“, hörte sie ihren Vater antworten.

Als Milla in der Tür stand, sah sie, wie Michael Wasser aus einer Flasche in den Abfluss goss. Hinter ihm standen ein Dutzend weitere volle Wasserflaschen auf dem Tisch und auf dem Fußboden.

„Was machst du da?“, fragte Milla verwundert.

„Die Leute sind leider doch nicht so heiß auf besprochenes Wasser, wie ich dachte. Wenn ich es wegkippe, kriege ich wenigstens das Pfand zurück.“

„Solltest du dem Wasser vorher nicht noch ein paar tröstende Worte mit auf den Weg geben?“ Milla grinste.

„Mach dich nur lustig über mich“, erwiderte Michael. „Um den Verlust auszugleichen, werde ich noch ein paar mehr Privatkunden nach Dienstschluss über ihre Zukunftsaussichten auf dem Laufenden halten müssen."

Milla verzog das Gesicht. „Muss das sein?"

„Muss nicht, aber wenn du weiterhin regelmäßig was zum Essen auf dem Tisch haben möchtest, wäre es nicht schlecht. Und der Pilot nimmt dich auch nicht umsonst mit zu deiner Mutter nach Südafrika."

Milla ging zur Spüle und half ihrem Vater, die Flaschen auszuschütten.

„Heute Abend kommt übrigens auch noch jemand", sagte Michael. „Aber da können wir uns den Hokuspokus sparen. Das ist eine knallharte Geschäftsfrau, die wissen will, was die Kristallkugel über die Zukunft ihrer Firma sagt."

„Eine Geschäftsfrau? Und die glaubt an so einen Quatsch?" Milla reichte ihrem Vater eine von den Flaschen, die auf dem Boden standen, damit er sie ausleeren konnte.

„Du wirst es nicht glauben, aber es gehen sogar Politiker zum Wahrsager, und zwar gar nicht mal wenige", sagte Michael, während er das Wasser in den Abfluss kippte. „Aber das Beste ist, wo die Frau herkommt. Das errätst du nie!"

„Wenn ich es sowieso nicht erraten kann, muss ich es erst gar nicht versuchen. Sag schon."

„Sie kommt aus Amerika!“

„Das glaube ich nicht.“

„Doch, ich schwör es!“

„Die fliegt doch nicht einmal über den Atlantik, um sich von dir die Zukunft für ihre Firma vorhersagen zu lassen. Betrüger wie dich gibt es in den USA bestimmt auch. Da muss sie doch nicht so eine lange Reise machen.“

Millas Vater lachte. „So lang ist die Reise gar nicht. Sie kommt nämlich nicht aus dem Amerika, das du meinst, sondern aus einem kleinen Dorf hier ganz in der Nähe, das auch Amerika heißt. Nie gehört?“

Milla schüttelte den Kopf.

„Viele Leute fahren sogar extra dorthin, um sich vor dem Ortsschild fotografieren zu lassen. Dann posten sie das und schreiben darunter: *Ich war in Amerika*.“

„Wie weit ist Amerika denn weg – ich meine das Dorf“?, fragte Milla, in deren Kopf eine Idee immer größer und größer wurde.

„Keine zwanzig Kilometer.“

„Und was ist das für eine Firma, die die Frau hat?“, wollte Milla wissen.

„Sie macht Werbung, Prospekte und so ein Zeug. Warum interessiert dich das?“

„Weil die Frau die Lösung für alle unsere Probleme

ist!“, rief Milla freudestrahlend und dann erklärte sie Michael ihre Idee, die in kurzer Zeit so groß geworden war, dass sie keinen Platz mehr in ihrem Kopf hatte und unbedingt weitererzählt werden musste.

„Aber ich kann der Frau doch nicht vorhersagen, dass ausgerechnet Henrys Mutter die perfekte Mitarbeiterin für sie ist“, sagte Michael, als Milla geendet hatte.

„Warum denn nicht? Schließlich ist Claudia Grafikerin, da passt sie doch perfekt in die Firma. Dann wäre auch deine dritte Prophezeiung eingetroffen. Sie hätte tatsächlich einen Job in Amerika bekommen“, erklärte Milla. „Das ist doch gut für dich. Wenn sich das rumspricht, kannst du dich vor neuen Kundinnen gar nicht mehr retten.“

„Wenn sich das rumspricht, kommt überhaupt niemand mehr.“

„Bitte, bitte, bitte!“

„Wie stellst du dir das vor?“

„Du sagst ihr einfach, dass du da ganz starke positive Schwingungen spürst zwischen ihr und einer Kundin, die erst vor Kurzem bei dir war. Das wäre die ideale Mitarbeiterin für sie. Und die werden sich doch bestimmt gut verstehen, wenn sie beide an den Quatsch glauben, den du ihnen erzählst. Tu es für mich! Bitte!“

Es klingelte an der Tür.

„Das muss sie sein“, sagte Michael und reichte Milla eine der vollen Flaschen, die noch auf dem Tisch standen. „Du kannst mir aber auch einen Gefallen tun.“

„Welchen denn?“, fragte Milla.

„Kipp bitte das restliche Wasser weg. Du musst ihm auch nicht Tschüss sagen.“

Es läutete ein zweites Mal und Michael ging zur Tür, um zu öffnen. Milla schüttete die Flasche aus und wartete, bis ihr Vater mit seiner Kundin im Wohnzimmer verschwunden war. Auf Zehenspitzen lief sie durch den Flur in ihr Zimmer, um zu lauschen, was Michael der Frau erzählte. Durch den Türspalt konnte sie die beiden sehen.

Die Frau trug einen dunklen Hosenanzug und schaute neugierig in die Kristallkugel, die zwischen ihr und Michael auf dem Tisch stand. Millas Vater starrte angestrengt in die Kugel, als könnte er dort etwas erkennen, was die Frau ihm gegenüber nicht sehen konnte.

„Ihrer Firma stehen blendende Zeiten bevor, das kann ich auf jeden Fall erkennen“, sagte Millas Vater. „Aber ich sehe auch Schwierigkeiten. Große Schwierigkeiten.“

„So? Welche denn?“, fragte die Frau erschrocken.

„Es ist ein bisschen verschwommen“, erklärte Michael. „Aber nein, jetzt wird es klarer. Die Schwierigkeiten können Sie vermeiden, wenn Sie eine neue Mitarbeiterin einstellen. Das sagt mir die Kugel ganz deutlich."

„Wo soll ich denn so schnell jemand Gutes herkriegen?" Die Frau wirkte verzweifelt. „Sagt Ihnen die Kugel das auch?"

Michael tat noch einen Moment lang so, als suchte er die Antwort auf die Frage in der Kristallkugel vor ihm auf dem Tisch.

„Ja, in der Tat. Ich sehe hier eine Frau, eine Grafikerin. Ich kenne die Dame, sie war schon mal bei mir. Das Bild in der Kugel lässt keinen Zweifel zu: Das ist die Frau, die Sie brauchen."

„Da bin ich aber froh!", rief seine Kundin erleichtert. „Sie haben mir einen echten Schreck eingejagt."

„Wenn Sie wollen, kann ich Ihnen den Kontakt zu der Frau vermitteln", schlug Michael vor.

„Und ob ich das will! Ich suche sowieso gerade jemanden. Die Dame kann sofort bei mir anfangen."

Milla hatte genug gehört. Zufrieden grinsend verließ sie ihren Lauschposten an der Tür und ließ sich auf ihr Bett fallen.

Sie griff nach ihrem Handy, um Henry eine Nachricht zu schicken. Dabei fiel ihr ein, dass sie ihn immer noch nicht gefragt hatte, was ein Kuss mit Houdinis Trick zu tun haben sollte. Noch vor ein paar Tagen hätte sie ganz sicher nicht vergessen, ihn zu fragen, aber jetzt waren andere Probleme wichtiger geworden. Nun, wo diese Probleme hoffentlich gelöst waren, hatte sie auch wieder Zeit, an ihren Trick zu denken und an die Ankündigung, die sie auf dem Schulhof gemacht hatte.

Deine Mutter geht nach Amerika ☺, tippte Milla und schickte die Nachricht an Henry.

Spinnst du?, kam postwendend die Antwort.

Keine Sorge, ist gar nicht so weit weg.

?????????????????????????????

Ich verrat es dir, aber erst sagst du mir, was der Kuss mit dem Trick zu tun hat.

Der Schlüssel, schrieb Henry.

?????????????????????????????

Es dauerte eine Weile, bis Milla eine Antwort erhielt, weil Henry für die Beschreibung des Tricks so lange tippen musste.

Seine Frau hat ihn geküsst. Zum Abschied, bevor er in den Fluss gesprungen ist. Das war, nachdem sie ihn durchsucht haben, ob er nicht doch irgendwo einen Schlüssel versteckt hat. Hatte er auch nicht, aber seine Frau. Unter ihrer Zunge. Bei dem Kuss hat sie den Schlüssel dann in seinen Mund geschoben.

Milla schlug sich mit der Hand gegen die Stirn, weil sie nicht selber darauf gekommen war. Houdini hatte unter Wasser den Schlüssel einfach aus seinem Mund geholt und die Handschellen damit geöffnet.

Genial. Das machen wir auch, schrieb Milla.

Spinnst du?

Du kannst mich nicht im Stich lassen.

Nur, wenn du mir verrätst, was jetzt mit Amerika ist.

Milla hörte, wie ihr Vater im Flur seine Kundin verabschiedete.

Erzähl ich dir morgen, schrieb Milla und legte das Handy weg. Sie wollte zu ihrem Vater laufen, aber da ging auch schon die Tür auf und Michael kam in ihr Zimmer.

„Ich nehme an, du hast wieder gelauscht und gehört, was ich in meiner Kristallkugel gesehen habe."

„Danke, du bist der Beste", sagte Milla.

„Ich weiß", erwiderte Michael. „Aber ich habe noch eine zweite gute Nachricht."

„Du hörst mit dem Wahrsagen auf?"

„Wieso sollte ich?" Millas Vater grinste. „Jetzt, wo ich ein richtiger Hellseher bin und meine Vorhersagen tatsächlich in Erfüllung gehen. Ich sag nur: Amerika."

„Was ist es dann?", wollte Milla wissen.

„Die Dame war gerade sehr großzügig und ich habe

das Geld für deine Reise zusammen. In den Ferien kannst du zu deiner Mutter fliegen“, erklärte er. „Freust du dich?“

„Klar“, versicherte Milla ihm, doch ganz sicher war sie sich nicht.

„Ist doch nur für drei Wochen“, sagte Michael. „Dann sieht du deinen Schatz wieder.“

„Blödmann!“ Sie griff nach einem Kissen und warf es ihrem Vater an den Kopf.

Michael ging lachend hinter der Tür in Deckung und zog sich in die Küche zurück.

Milla setzte sich vor ihren Laptop, um ihre Mutter anzuskypen. Sie hatte ihr so viel zu erzählen. Nicht nur über ihren bevorstehenden Besuch. Aber statt der grünen Lampe leuchtete wieder nur die rote.

Milla schrieb ihr eine Nachricht: *Freue mich auf die Ferien, dann komme ich nämlich.*

Milla legte den Laptop zur Seite, ging ins Bad und ließ die Wanne vollllaufen. Sie wollte ausprobieren, ob das mit dem Schlüssel im Mund auch wirklich klappte. Als die Wanne voll war, legte sie die Handschellen an und versteckte den Schlüssel unter ihrer Zunge. Dann stieg sie in das warme Wasser, holte tief Luft und tauchte unter.

Mit ihren Fingern nahm Milla den Schlüssel aus

dem Mund und öffnete dann das Schloss. Trotzdem tauchte sie nicht sofort wieder auf, sondern blieb so lange unter Wasser, wie sie die Luft anhalten konnte. Das würde sie morgen im Schwimmbad genauso machen. Wie Houdini damals in dem kalten Fluss. Auch er hatte gewusst, dass die Wirkung seines Tricks stärker war, wenn er nicht sofort wieder an die Wasseroberfläche kam, sondern die Spannung noch ein bisschen steigerte.

Milla zählte bis fünfzig und als sie endlich auftauchte, war sie sich sicher, dass sie es schaffen würde. Es gab nur ein Problem: Damit der Trick gelang, musste sie Henry küssen. Und er sie.

Die Reise nach Amerika

„Gestern Abend hat eine Frau bei uns angerufen und meiner Mutter einen Job angeboten." Henry lehnte an der Tischtennisplatte und sah Milla von der Seite an. „Und zwar in Amerika."

„Ich weiß", sagte Milla.

„Klar, du bist ja auch Hellseherin", entgegnete Henry spöttisch.

„Ich nicht, aber mein Vater. Er hat ihr gesagt, es sei quasi Schicksal, dass deine Mutter dort für sie arbeitet."

„Spinnst du? Weißt du eigentlich, wie weit das weg ist?"

„Ungefähr zwanzig Kilometer von hier."

„Häng noch drei Nullen hinten dran." Henry sah sie an, als wäre Milla verrückt geworden.

„Das ist ein Dorf, ganz in der Nähe", erklärte Milla. „Es heißt auch Amerika und damit erfüllt sich die Vorhersage meines Vaters und alle sind glücklich."

Henry musste lachen, er konnte sich gar nicht mehr

einkriegen. „Ich glaube nicht, dass meiner Mutter das klar ist. Sie hat sofort zugesagt und ist jubelnd durch die Wohnung gehüpft.“

„Das merkt sie schon noch früh genug, dass sie da jeden Morgen mit dem Auto hinfahren kann.“ Milla kletterte auf die Tischtennisplatte.

„Hey, was soll das?“, fragte Henry. „Die gucken schon alle.“

„Sollen sie ja auch“, erwiderte Milla leise. „Houdini hat auch immer eine Menge Werbung gemacht, damit viele Leute zu seinen Vorstellungen kamen.“

„Du bist aber nicht Houdini.“

„Aber ich kenne jetzt seinen Trick, dank dir“, entgegnete Milla.

Sie stand breitbeinig auf der Steinplatte und hielt sich die Hände wie einen Trichter an den Mund, sodass jeder hören konnte, was sie zu sagen hatte.

„Kommt heute Nachmittag alle um vier Uhr ins Schwimmbad, dann kriegt ihr etwas zu sehen, was ihr niemals vergessen werdet!“

„Übertreib mal nicht“, zischte Henry und zog sanft an Millas Hosenbeinen, damit sie wieder von der Tischtennisplatte runterstieg.

„Was denn?“, fragte ein Mädchen, das sich mit ein paar anderen Schülern neugierig genähert hatte.

„Na, wie sie absäuft. Ich lasse mir das jedenfalls nicht entgehen.“ Milla hatte Jacob gar nicht gesehen. Er stand in der Menge und ließ sich für den Spruch von seinen Freunden abklatschen.

Milla ignorierte ihn. „Ich springe vom Fünfer.“

„Kann doch jeder!“, brüllte ein Junge.

„Außer Henry!“, rief ein anderer.

Alle lachten, weil sich Henrys Höhenangst auf dem Schulhof schon herumgesprochen hatte.

Milla beachtete die anderen nicht länger, sondern stieg einfach von der Platte herunter und flüsterte Henry zu: „Lass uns gehen. Hier ist alles gesagt und wir müssen noch was vorbereiten.“

Die Schüler, die mittlerweile die Tischtennisplatte umlagerten, machten eine Gasse frei, durch die Milla und Henry hindurchgehen konnten.

„Was willst du denn noch groß vorbereiten?“, zischte Henry. „Du springst ins Wasser, befreist dich und tauchst wieder auf.“

„Na, das mit dem Kuss natürlich“, erklärte Milla.

Henry wurde knallrot und flüsterte erschrocken: „Vergiss es!“

Als Milla und Henry aus der Schule kamen, stand Claudias Wagen auf der gegenüberliegenden Straßenseite.

Henrys Mutter lehnte am Kotflügel und winkte ihnen zu. Sie trug diesmal ein Kleid aus einem Stoff, auf dem große bunte Orchideenblüten abgebildet waren.

Henry winkte zurück und auch Milla erwiderte den Gruß.

„Wir sehen uns dann im Schwimmbad", sagte Milla zum Abschied.

Aber da kam Claudia auch schon über die Straße auf sie zugelaufen, ohne sich um den Verkehr zu kümmern. Andere Autofahrer mussten stoppen und hupten aufgebracht, doch das schien Henrys Mutter nicht weiter zu stören.

„Wir machen alle zusammen einen Ausflug!", verkündete Claudia, als sie die beiden erreicht hatte.

„Geht nicht, wir haben heute Nachmittag noch was vor", entgegnete Milla.

„Wann denn?", fragte Henrys Mutter.

„Um vier", antwortete Henry.

„Bis dahin sind wir längst wieder zurück", sagte Claudia. „Wir fahren nicht weit, nur bis Amerika!"

Milla und Henry sahen sie überrascht an.

„In einer halben Stunde sind wir da. Aber setzt euch hinten rein, wir holen noch jemanden ab."

„Diesen Pappritter?", fragte Henry, als er mit Milla auf die Rückbank rutschte.

„Milla, du müsstest das doch wissen, oder? Jemand mit deinen hellseherischen Fähigkeiten …“ Claudia schaute über den Rückspiegel nach hinten und zwinkerte Milla zu.

„Keine Ahnung“, brummte Milla genervt.

„Entschuldige, war nur ein Scherz“, flötete Claudia und schaltete das Radio ein. Auf dem Sender lief ein Oldie, den auch Millas Vater gerne hörte. Als Claudia anfing, laut mitzusingen, drehte sich Henry zu Milla um und zuckte entschuldigend mit den Achseln.

„Schon okay. Mein Vater macht das auch.“ Milla hätte sich das Flüstern sparen können. Henrys Mutter sang vorne so laut, dass sie das Gespräch auf der Rückbank gar nicht hätte hören können. Irgendwann stellte sie das Radio aus und legte eine CD mit einem Song von Henrys Vater ein. Als das Lied vorbei war, stoppte der Wagen vor einem großen Gebäude.

„Sind wir schon da?“, erkundigte sich Henry.

„Nur ein kurzer Zwischenstopp“, antwortete seine Mutter.

„Schau doch mal raus, das ist der Sender, bei dem mein Vater arbeitet“, sagte Milla. „Da drüben steht er ja!“

Michael winkte ihnen zu, dann stieg er in das Auto und setzte sich auf den Beifahrersitz.

„Was willst du denn hier?", fragte Milla überrascht.

„Ich wollte auch mal nach Amerika", erwiderte Michael.

„Aber … aber … aber …" In Millas Kopf waren so viele Fragen, dass sie nicht entscheiden konnte, welche sie zuerst stellen sollte.

„Ich habe heute Morgen mit Claudia gesprochen und ihr alles erzählt", erklärte Michael.

„Alles?", wollte Milla wissen.

Michael drehte sich zu seiner Tochter und Henry um und grinste sie breit an. „Ich dachte, wo sie ja jetzt quasi zur Familie gehört, sollte sie die Wahrheit wissen."

Claudia lachte, Henry wurde erneut knallrot und Milla zischte: „Idiot!"

„Da hat sie mir auch verraten, dass du sogar schon ihren Exmann hast wiederauferstehen lassen und dass du ihr genau erklärt hast, wie das mit der Hellseherei und dem Cold Reading läuft", fuhr Michael fort. „Und auch, dass du diesen Ritter ziemlich gut auseinandergenommen hast."

„Na ja", druckste Milla.

„Auf jeden Fall weiß sie jetzt Bescheid." Michael drehte sich wieder nach vorne und wandte sich an Henrys Mutter. „Und ich hoffe, du glaubst jetzt nicht mehr an den ganzen Kristallkugel- und Sternzeichen-Hokuspokus."

„Natürlich nicht", erwiderte Claudia. „Obwohl am Ende doch alles genauso eingetroffen ist, wie du es vorhergesagt hast. Der unverhoffte Geldsegen, der Ritter auf dem Pferd und jetzt auch noch der Job in Amerika. Vielleicht kannst du es ja doch?"

Michael, Milla und Henry stöhnten gleichzeitig auf.

„So ein Blödsinn!", rief Milla nach vorne. „Das Schicksal ist nicht vorherbestimmt, es ist das Ergebnis sorgfältiger Planung, wie Houdini mal gesagt hat."

„Keine Sorge, ich bin ja geheilt", versicherte Claudia. „Aber möglich wäre es doch trotzdem, dass Michael wahrsagen kann, ohne dass er es selber weiß. Außerdem hat seine Tochter die Fähigkeit, die Geister der Verstorbenen zu rufen. Von wem sollte sie die sonst haben?"

„Das war doch alles nur gespielt", sagte Milla.

„Und woher wusstest du dann die ganzen Details über Henrys Vater?", wollte Claudia wissen.

„Die habe ich ihr erzählt, was glaubst du denn?", erklärte Henry.

„Trotzdem, dieser Geist klang genau wie dein verstorbener Vater. Seid ihr euch wirklich ganz sicher, dass er es nicht doch war?"

Wieder stöhnten Milla, Henry und Michael auf.

„Ich bin es nämlich nicht“, bekräftigte Claudia und drehte das Radio wieder auf.

Auf der Rückbank sahen sich Milla und Henry an. Sie waren beide überzeugt, dass Claudia auch weiterhin an Hellseher und Horoskope glauben würde.

„Als Nächstes spielen sie auf dem Oldie-Sender bestimmt was von den Beatles“, sagte Michael.

„Und nun extra für Sie …“, meldete sich der Moderator im Radio, „*Yesterday* von den Beatles.“

„Du hast es gewusst“, freute sich Claudia.

„Jeder dritte Song, den sie auf dem Sender spielen, ist von den Beatles“, sagte Michael.

„Aber du hast es vorausgesagt“, beharrte Claudia.

Statt ihr zu antworten, fing Michael einfach an, aus vollem Hals mitzusingen. Claudia lachte kurz auf, dann stimmte sie mit ein.

Milla und Henry saßen auf der Rückbank und hielten sich die Ohren zu.

Nach etwa einer halben Stunde stoppte Henrys Mutter den Wagen an einer Ortseinfahrt. Sie parkte ihn rechts an der Straße und stieg aus. Michael folgte ihr und auch Milla und Henry schnallten sich ab und kletterten von der Rückbank ins Freie.

„Amerika!“ Claudia deutete auf das gelbe Ortsschild, das am Eingang zu dem Dorf stand. „Wir sind tatsächlich in Amerika.“

Milla, Henry und Michael standen neben ihr und blickten ebenfalls auf das Schild. Dahinter lag ein winziges Dorf, das vor allem aus Bauernhöfen zu bestehen schien. Einige Meter weiter wurden ein paar Kühe über die Straße getrieben und aus der Ferne hörte man den tuckernden Motor eines Traktors.

„Irgendwie hatte ich mir Amerika immer größer vorgestellt“, sagte Henry.

„Und mit mehr Hochhäusern“, ergänzte Milla.

„Blödsinn, auf dem Land sieht es in den USA bestimmt genauso aus wie hier“, sagte Claudia.

„Warum ist die Agentur überhaupt hier draußen und nicht in der Stadt?“, wollte Henry wissen.

„Weil die Mieten hier viel billiger sind“, antwortete Michael. „Und jetzt: Foto!“

Milla, Henry und seine Mutter stellten sich vor dem gelben Schild auf, damit Michael ein Bild von ihnen dreien machen konnte.

Er war noch nicht fertig, als schon der nächste Wagen am Straßenrand parkte, weil die Insassen auch ein Foto von sich in Amerika schießen wollten.

Milla sah auf die Uhr ihres Handys. Es war schon

nach drei und es wurde höchste Zeit, wieder nach Hause zu fahren, damit sie und Henry pünktlich ins Schwimmbad kamen.

„Wir müssen zurück!“, rief Milla. „Wir haben noch was vor.“

„Was denn?“, fragte Claudia. „Ich dachte, wir gehen zur Feier des Tages Torte essen und Kaffee trinken.“

„Den könnt ihr alleine trinken“, erwiderte Milla. „Setzt uns einfach zu Hause ab.“

„Dann müssen wir euch auch nicht länger beim Singen zuhören“, ergänzte Henry.

Claudia und Michael lachten, taten ihnen dann aber den Gefallen, sich von Amerika zu verabschieden und ohne Gesang wieder zurück in die Stadt zu fahren.

Auf der Fahrt saßen Milla und Henry still auf der Rückbank, während sich die Erwachsenen vorne gut zu verstehen schienen. Sie kicherten immer wieder und merkten gar nicht, dass Henry und Milla ihren Gedanken nachhingen. Sie beide dachten an den Trick, den Milla im Schwimmbad vorführen wollte, und fragten sich, ob das mit dem Entfesseln wirklich klappen würde.

Milla hatte Angst, dass sie aus Versehen den Schlüssel verschluckte. Henry musste die ganze Zeit an das

Fünfmeterbrett denken, auf das er steigen sollte. Und beide dachten an den Kuss, der ihnen bevorstand und von dem sie nicht wussten, ob sie sich darauf freuen sollten oder nicht.

Der Sprung

„Die zwei verstehen sich ja ziemlich gut“, bemerkte Milla und schaute dem Wagen nach.

Claudia und Michael winkten ihnen zum Abschied aus dem offenen Seitenfenster zu und Henrys Mutter drückte dabei kräftig auf die Hupe.

„Außergewöhnlich gut“, erwiderte Henry, der auf dem Bürgersteig neben ihr stand.

„Ist doch schön. Ich mag deine Mutter“, sagte Milla.

„Und ich deinen Vater. Mit einem Hellseher in der Familie kennt man schon vorher die Aufgaben, die in der Mathearbeit drankommen.“

„Blödmann!“ Milla stieß Henry in die Seite. „Lass uns schnell die Sachen holen und dann ab ins Schwimmbad, sonst kommen wir noch zu spät.“

Milla kramte ihren Badeanzug aus dem Schrank und stopfte die Handschellen in ihre Tasche.

„Brauchst du eine Badehose?“, rief sie Henry zu,

der auf dem Flur auf sie wartete. „Ich könnte dir eine von meinem Vater leihen."

„Nein danke", antwortete Henry. „Und wozu auch? Ich muss doch gar nicht ins Wasser. Und jetzt komm endlich, sonst verspäten wir uns noch."

„Ein bisschen warten können die ruhig auf uns, das steigert die Spannung." Milla hatte noch ein Handtuch in ihre Tasche gepackt und checkte die Nachrichten auf ihrem Laptop.

Ihre Mutter hatte geantwortet: *Ich freue mich wahnsinnig, dass du kommst! Kuss!*

Milla tippte schnell eine Antwort: *Ich mich auch. Wünsch mir Glück!*

Wofür sie ihr Glück wünschen sollte, schrieb Milla nicht. Das alles zu erklären, würde viel zu lange dauern, und sie war sich sicher, dass Katharina ihr auch ohne große Erläuterungen die Daumen drücken würde. Auch wenn ihre Mutter keine Ahnung hatte, wofür eigentlich. Das würde Milla ihr alles in Südafrika erklären. Dann hatten sie mehr als genug Zeit dafür.

„Jetzt komm endlich!", rief Henry im Flur.

„Mach doch nicht so einen Stress", sagte Milla, als sie ihr Zimmer verließ. „Was bist du überhaupt so nervös? Wenn hier jemand nervös sein sollte, dann ja wohl ich."

„Klar bin ich nervös“, erwiderte Henry. „Ich bin an der Nummer ja nicht ganz unbeteiligt.“

„Hier.“ Milla drückte ihm den Ersatzschlüssel für die Fesseln in die Hand. „Aber nicht aus Versehen runterschlucken.“

„Danke für den Tipp“, entgegnete Henry und steckte den kleinen Schlüssel in die Tasche seiner Jeans.

Es hätten mehr Mitschüler da sein können, dachte Milla, als sie mit Henry die Schwimmhalle betrat. Aber immerhin waren Jacob und seine Freunde gekommen. Das war die Hauptsache. Die Jungen saßen auf den beheizten Steinbänken am Rand des Sprungbeckens und empfingen sie mit höhnischem Applaus.

Milla trug ihren Badeanzug und hielt die Handschellen fest umklammert. Henry stand barfuß in seiner Jeans und einem T-Shirt neben ihr und starrte besorgt zu dem Fünfmeterturm hoch.

„Muss das wirklich von da oben sein?“, flüsterte er Milla zu. Henry nuschelte ein wenig, weil er sich den Zweitschlüssel bereits unter die Zunge geschoben hatte.

„Ich habe dir doch erklärt, dass die Wirkung von da oben viel besser ist“, sagte Milla. „Houdini ist schließlich auch von einer Brücke in den Fluss gesprungen und nicht vom Ufer ins Wasser gewatet. Der wusste schon, warum."

„Aber ich kann dir den Schlüssel hier unten zustecken, oder?"

„Spinnst du? Du kannst mich da oben doch nicht allein lassen!"

Bevor Henry etwas erwidern konnte, kam der Bademeister auf sie zu.

„Was soll das hier werden?", fragte er Henry. „Hast du deine Badesachen vergessen?"

„Ich will nur mal gucken", entgegnete Henry, während Milla schnell ihre Handschellen hinter ihrem Rücken versteckte.

„Okay, aber ins Wasser darfst du so nicht. Ist klar, oder?" Der Bademeister sah beide streng an, dann ging er schnell weiter zum Außenbereich des Schwimmbads, wo ein paar Jugendliche Ärger machten.

Prima, dachte Milla, das würde ihn eine Weile ablenken. Mindestens so lange, wie sie für ihren Trick brauchte.

Als Milla und Henry zum Sprungturm gingen, bemerkte sie, dass doch mehr ihrer Mitschüler gekommen waren, als sie anfangs gedacht hatte. Von der Rutsche, dem Außenbecken und dem Schwimmbecken kamen sie nach und nach zum Sprungbecken herübergeschlendert, weil sie nicht verpassen wollten, was gleich passieren würde.

Auch Jacob und seine Freunde hatten sich von ihrer Bank erhoben und erwarteten Milla und Henry an der Treppe, die hoch zum Fünfmeterbrett führte.

„Zeig mal her.“ Jacob deutete auf die Handschellen.

Milla reichte sie ihm und Jacob tat so, als würde er sich damit auskennen.

„Die sehen ziemlich stabil aus“, sagte er, als er die Fesseln nach einer ausführlichen Prüfung wieder an Milla zurückgab. „Aber woher wissen wir, dass du da nicht irgendwo in deinem Badeanzug einen Ersatzschlüssel versteckt hast?“

„Du kannst mich gerne durchsuchen“, bot Milla an.

„Ich fasse dich doch nicht an“, entgegnete Jacob und wandte sich an ein Mädchen, das neben ihm stand. „Melanie, kannst du das nicht machen?“

„Klar!“ Melanie ging zu Milla und tastete sie vorsichtig ab.

„Da ist nichts“, erklärte sie, als sie mit ihrer Durchsuchung fertig war.

„Sicher?“, fragte Jacob misstrauisch. „Woher weiß ich, dass ihr beide nicht unter einer Decke steckt?“

„Dann mach es doch selber“, brummte Melanie genervt.

Und Milla ergänzte: „*Du* hast sie doch ausgesucht, nicht ich.“

„Und was hat der mit der Sache zu tun?“ Jacob zeigte auf Henry, der die ganze Zeit schweigend danebengestanden hatte.

„Ich bin ihr Assistent. Alle großen Zauberer haben einen Assistenten“, antwortete Henry, der sich bemühte, trotz des Ersatzschlüssels unter seiner Zunge möglichst deutlich zu sprechen.

„Du darfst sogar abschließen.“ Milla reichte Jacob den kleinen Schlüssel und hielt ihm ihre Handgelenke hin. „Nicht, dass du nachher sagst, das wäre alles nur Beschiss.“

Jacob nahm den Schlüssel und legte Milla die Handschellen an. Dann verschloss er sie und überzeugte sich davon, dass sie so eng saßen, dass Milla keine Chance hatte, die Fesseln einfach so abzustreifen.

„Den behalte ich“, sagte er, als er fertig war, und hielt den Schlüssel hoch.

„Gerne, ich werde ihn nämlich gar nicht brauchen“, erwiderte Milla und kletterte auf den Sprungturm.

Henry zögerte einen Moment, dann stieg er ihr hinterher. Mit jeder Stufe wurde ihm schwindeliger und als sie oben auf dem Fünfer angekommen waren, bemühte er sich, nicht nach unten zu schauen.

Milla dagegen genoss den Ausblick. Rund um das Sprungbecken hatten sich immer mehr Leute aus ihrer Schule versammelt. Draußen konnte sie den Bademeister sehen, der immer noch mit Jugendlichen stritt, die verbotenerweise vom Rand des Außenbeckens gesprungen waren.

Milla reckte die Hände in die Höhe, damit alle ihre Handschellen sehen konnten. Unten war es ganz still geworden. Von dem Lärmen und Lachen, das normalerweise die Halle erfüllte, war nichts mehr zu hören. Sie drehte sich zu Henry um, der am ganzen Körper zitterte. Milla konnte die Gänsehaut sehen, die sich auf seinen Oberarmen gebildet hatte. Für einen Moment hatte sie Angst, dass er den Schlüssel vor Aufregung verschlucken könnte.

„Nicht umarmen!“, brüllte Jacob von unten. „Ich bin ja nicht doof, der steckt dir sonst heimlich einen Schlüssel zu.“

Milla blieb mit ausreichend Abstand vor Henry stehen und schob nur ihren Kopf nach vorne. Henry machte es genauso. Er hatte die Augen geschlossen. Milla war nicht klar, ob wegen des bevorstehenden Kusses oder seiner Höhenangst.

Im nächsten Moment berührten sich ihre Lippen. Milla durchfuhr ein angenehmes Kribbeln, während von unten ein paar amüsierte Pfiffe und Rufe zu hören waren.

Irgendjemand schrie „Liebespaar!“, doch das hörte Milla nicht, weil sie den kleinen Schlüssel spürte, den Henry zwischen seinen Lippen festgeklemmt hatte. Sie fasste den Schlüssel mit ihren Lippen und ließ ihn unter ihrer Zunge verschwinden.

Als sie sich von ihm löste, stand Henry immer noch mit geschlossenen Augen da, aber er zitterte nicht mehr.

Milla wandte sich um, trat an die Kante des Sprungturms und hielt ein letztes Mal ihre gefesselten Hände in die Höhe. Dann ließ sie sich einfach fallen.

Das Wasser spritzte hoch, als Milla aufschlug. Sie presste ihre Lippen fest zusammen, um den Schlüssel beim Aufprall nicht zu verlieren, und ließ sich bis zum Grund des Beckens hinuntersinken. Dort stieß sie sich mit den Füßen an den Kacheln ab und verharrte danach auf dem halben Weg nach oben.

Mit ihren Fingern fischte sie den Schlüssel aus dem Mund und versuchte, damit die Handschellen zu öffnen. Zu Hause in der Badewanne war es leicht gewesen, zwei Meter unter Wasser aber war es viel schwieriger. Milla schaffte es einfach nicht, das winzige Schlüsselloch zu treffen.

Zuerst blieb sie ganz ruhig, aber dann wurde sie immer hektischer. Auch weil ihre Hände von Sekunde zu Sekunde schrumpeliger und es immer schwerer wurde, den kleinen Schlüssel festzuhalten.

Als sie erneut versuchte, das Schloss zu öffnen, rutschte sie mit dem Schlüssel am Metall der Fesseln ab und verlor ihn aus den Händen. Mit klopfendem Herzen sah sie, wie er langsam nach unten trudelte und in der Tiefe zu verschwinden drohte. Mit kräftigen Bein- und Armstößen tauchte Milla schnell hinterher, doch vor dem Hintergrund der hellblauen Kacheln auf dem Boden des Beckens war der Schlüssel für sie kaum zu erkennen.

Milla schwamm noch weiter hinab, obwohl der Druck auf ihren Ohren immer stärker wurde. Dafür konnte sie den Schlüssel jetzt wieder deutlicher vor sich sehen. Sie streckte ihren Arm nach ihm aus, war aber immer noch zu weit weg. Ihr Finger griffen ins Leere. Milla machte eine Kraulbewegung mit den Beinen, um noch einen halben Meter tiefer zu kommen, und packte ein zweites Mal zu.

Sie bekam den Schlüssel mit ihren schrumpeligen Fingern nicht gleich zu fassen, dann aber hielt sie ihn endlich fest und sicher in ihrer Faust. Das war gerade noch mal gut gegangen, dachte Milla, und schwamm wieder ein wenig nach oben, damit der Druck auf ihren Ohren nachließ und sie in Ruhe das Schloss öffnen konnte.

Milla brauchte drei weitere Versuche, bevor es ihr endlich gelang, zuerst das Schloss an ihrem linken Handgelenk und dann das an ihrem rechten Arm zu lösen. Obwohl sie jetzt kaum noch Luft zum Atmen besaß, beschloss sie, trotzdem noch langsam bis zehn zu zählen, bevor sie auftauchte. Milla war felsenfest davon überzeugt, dass Houdini es genauso gemacht hätte.

Henry stand auf dem Fünfer und wagte nur ab und zu einen Blick über den Rand hinunter ins Wasser, um zu sehen, ob Milla schon wieder aufgetaucht war. Aber genau wie die anderen Mitschüler, die sich um das Sprungbecken drängten, konnte er ihren Körper in der Tiefe nur schemenhaft sehen. Ob sie sich noch bewegte und was sie dort unten tat, war unmöglich zu erkennen.

„Komm wieder rauf!“, flüsterte Henry, obwohl er wusste, dass Milla ihn nicht hören konnte. „Tauch auf! Mach endlich!“

Für seinen Geschmack war Milla schon viel zu lange unter Wasser. Irgendwas musste passiert sein. Millimeter für Millimeter schob er sich an die Kante des Sprungturms heran.

Milla bewegte sich nicht mehr, da war Henry sich plötzlich ganz sicher. Auch unter den Zuschauern kam Unruhe auf. Die ersten liefen schon raus zum Bademeister, um Hilfe zu holen. Aber bis der kam, würde es zu spät sein.

Henry spürte, wie er Panik bekam. Vorsichtig schob er sich noch näher Richtung Kante, bis seine Zehen über das Brett ragten. Milla bewegte sich immer noch nicht.

Henry nahm all seinen Mut zusammen und sprang.

Als er eintauchte, kam Milla mit den Handschellen gerade wieder an die Wasseroberfläche. Für einen Moment trafen sich ihre überraschten Blicke, dann war Henry untergetaucht. Milla schwamm ihm sofort hinterher und packte ihn an den Armen, um ihn nach oben zu ziehen.

„Das war nicht lustig", keuchte Henry, als er wieder Luft bekam.

„Was denn?", fragte Milla, die die Fesseln in die Höhe hielt, damit alle sie sehen konnten.

„Es so spannend zu machen", erwiderte Henry.

„Aber es hat sich gelohnt", entgegnete Milla und zeigte auf die Jungen und Mädchen am Beckenrand, die ihnen begeistert zujubelten. Sogar Jacob klatschte anerkennend und auch seine Freunde stimmten mit ein.

Milla lachte erleichtert. Vor denen brauchte sie keine Angst mehr zu haben.

Milla war mit ihrer Aktion zufrieden und daran konnte auch der Bademeister nichts ändern, der wütend am Beckenrand stand und brüllte: „Kommt sofort da raus! Wenn ich euch kriege, gibt es Ärger!"

Doch bevor Milla und Henry aus dem Wasser klettern konnten, sprangen all ihre Mitschüler ins Becken. Es war ein ausgelassenes Toben und Planschen. Die vielen im Wasser herumwuselnden Körper machten es dem brüllenden Bademeister unmöglich, Milla und Henry aus der Menge herauszupicken.

Die beiden schwammen mittendrin und weil sowieso niemand mehr auf sie achtete, drückte Milla Henry einen Kuss auf die Wange. So glücklich war sie. Und er auch. Um das zu wissen, musste man wirklich kein Hellseher sein.

Epilog

Am Flughafen

Henry hatte sich bereit erklärt, auf Siggi und Roy aufzupassen, während Milla in Südafrika bei ihrer Mutter war. Der Flug ging an einem Samstag, aber weil Michael an dem Tag Sendung hatte, brachten Henry und seine Mutter Milla zum Flughafen.

Claudia und Michael sahen sich jetzt häufiger. Henry und Milla freuten sich darüber. Henry fand Michael trotz seiner Schwindeleien nett und Milla konnte Claudias leicht überdrehte Art auch gut leiden.

Milla drückte Henry und Claudia zum Abschied, dann ging sie allein durch die Sicherheitsschleuse, um zu ihrem Flieger zu gelangen. Sie hatte noch ein bisschen Zeit und setzte sich auf eine der Wartebänke, die vor ihrem Gate standen.

Auf dem Handy ploppten gleich vier Nachrichten auf.

Ich freu mich wahnsinnig, dass du mich endlich besuchen kommst, hatte ihre Mutter geschrieben.

Ich freu mich schon, wenn du endlich wieder zurück bist, hatte ihr Vater geschrieben.

Die anderen beiden waren von Claudia (*Hallihallo und gute Reise!*) und von Henry (*Ich sage dir voraus, dass ich dich abhole, wenn du wiederkommst*).

Milla musste grinsen und steckte ihr Smartphone weg.

Gegenüber ihrer Bank hing ein Fernseher an der Wand. Auf dem Bildschirm sah Milla ihren Vater im Studio. Er mischte seine Karten und erzählte dabei irgendwas, was Milla nicht verstehen konnte, weil der Ton ausgeschaltet war.

Milla vermutete, dass er gerade wieder einer Anruferin eine glückliche Zukunft versprach. Vielleicht erzählte er aber auch etwas ganz anderes. Vielleicht, so hoffte Milla, sagte er gerade, dass Wahrsagerei totaler Blödsinn war. Dass er sich das alles nur ausdachte und dass das ganz leicht war, weil er genau wusste, was die Leute hören wollten. Weil es sowieso immer dasselbe war.

Vielleicht, dachte Milla, forderte er seine Anruferin gerade auf, endlich damit aufzuhören, an so einen Hokuspokus zu glauben. An Horoskope und Kristallkugeln, die nicht mal aus Kristall, sondern nur aus einfachem Glas waren.

Vielleicht sagte er gerade, dass die Zuschauer ihr Geld nicht mehr zum Fenster rauswerfen sollten, indem sie bei *Sternzeichen TV* anriefen. Dass es besser wäre, sich selber um sein Schicksal zu kümmern, statt auf irgendwelche Glücksversprechungen zu hoffen.

Vielleicht sagte er das alles. Gerade in diesem Augenblick live auf Sendung.

„Der Flug nach Johannesburg steht nun zum Einsteigen bereit", unterbrach eine Lautsprecherstimme Millas Gedanken.

Milla stand auf und zeigte ihrem Vater im Fernseher den hochgestreckten Daumen für das, was er vielleicht gesagt hatte. Für einen Moment stutzte Milla, weil sie den Eindruck hatte, ihr Vater hätte sie mit derselben Geste zurückgegrüßt. Aber das war völlig unmöglich.

Milla schüttelte den Kopf und bestieg das Flugzeug, das sie zu ihrer Mutter nach Südafrika bringen würde, genau so, wie ihr Vater es vorausgesagt hatte.

© Brigitte Friedrich

Auf einer Lesereise landete Rüdiger Bertram nachts im Hotelzimmer durch Zufall beim Zappen auf einen Sender, in dem Moderatoren Anrufern die Zukunft voraussagten. Danach ließ ihn eine Frage nicht mehr los: Wie kommen junge Menschen damit klar, wenn ihre Eltern so einen seltsamen Beruf haben? Bertrams eigener Beruf ist jedoch nicht weniger spannend. Nach einer Drehbuch-Ausbildung an der Internationalen Filmschule in Köln, dem Schreiben von Drehbüchern fürs Fernsehen und einigen journalistischen Abenteuern widmet er sich nun voll und ganz dem Schreiben von Kinder- und Jugendbüchern, in denen es stets um Geheimnisse, Überraschungen und vor allem um Menschlichkeit geht. Und das tut er mit großem Erfolg.